HERMANN SINGER

Zwischen Gestern und Heute

Erzählungen

D1677131

Die Deutsche Bibliothek verzeichnet diese Publikation in der Deutschen Nationalbibliografie; detaillierte bibliografische Daten sind im Internet über http://dnb.ddb.de abrufbar.

Lektorat:
Stephanie Karge

Cover:
Layout: idee & konzept
Photo: Hans Egert

Druck:
LDP-Agentur - München

Internet: www.verlagsallianz.de
e- Mail: info@verlagsallianz.de
verlagsallianz
ist ein Label der
Gryphon Verlagsgruppe

ISBN: 978-3-938109-17-5

Inhaltsverzeichnis

Frühlingserwachen

Der Nistplatz

Mitte März strahlte die Sonne für einige Tage so ungewöhnlich warm, dass die bairischen Biergärten ihren Winterschlaf beendeten und bereits frühzeitig ihre Tische deckten. Meine Frau und ich ließen uns im Klosterbiergarten Weltenburg, unter noch blattlosen Kastanien, den ersten Schweinebraten mit Knödel und eine halbe Dunkel, aus der ältesten Klosterbrauerei der Welt, schmecken.

Blaue Leberblümchen schmückten die Jurahänge. Am Ufer der Donau pflückten wir die ersten jungen Brennnesselspitzen für einen Spinat und die kleinen Löwenzahn-blätter, die einen köstlichen Salat ergeben. Das erste Frühjahrsgemüse nach dem Wiedererwachen der Natur. Der lange kalte Winter schien vergessen.

Doch urplötzlich meldete er sich wieder zurück. Viele lange Wochen überrollte er uns nochmals mit Schnee und eisiger Kälte.

Dann schien endlich, mit Blick auf den Kalender, der bereits Mitte Mai anzeigte, seine Kraft zu erlahmen. Trotzig wie ein ungehorsames Kind, versuchte er dennoch, obwohl schwächelnd, mit letzten Reserven durch frostige Nächte seine Stellung zu behaupten. Aber der Frühlingsmonat ließ keinen Handel mehr zu. Er bemühte sich nun mit allen Mitteln, seinen Rückstand aufzuholen.

Ein alljährliches wundersames Ereignis für uns Menschen, das wir mit einem großen Maß an Erfurcht vor dem Gesetz der Natur erleben dürfen.

Das Eingesperrtsein in Haus und Stube gehörte endlich wieder der Vergangenheit an.

Die Tierwelt wurde bereits ungeduldig – vor allem unsere gefiederten Sänger. Sie hatten, der strengen langen Kälte wegen, ihre von der Natur bestimmten Eheaufgaben um einige Wochen verschieben müssen. Als dann endlich die Sonne ihre ersten warmen Strahlen auf die Erde sandte begann ihr „Frühlingserwachen" mit aller Macht.

Auf unserer Terrasse, die an der Westseite eine Garage begrenzt und die mit einem Rundbogendurchgang zum rückwärtigen Garten mit dem Hause verbunden ist, hatte sich seit Jahren ein kletternder Efeu behauptet. Ich ließ ihn gewähren weil mir sein Immergrün an der weißen Mauer als eine hübsche Bereicherung erschien. Nachdem er die überhängende Dachrinne erreicht hatte, führte ich ihn daran entlang.

Ein Amselpärchen, auf seiner eifrigen Suche nach einem geeigneten Nistplatz, entdeckte eine Lücke in dem überdachten Efeugestrüpp und sofort machten sich die beiden an die Arbeit.

Mit einem Eifer, mit einer Schaffenskraft ohnegleichen, schleppte das Pärchen nun in übervoll gestopften Schnäbeln geeignetes Material herbei. Mit einer erstaunlichen Sicherheit, mit einer Präzision, ohne Bauplan, ohne Meterstab und Zirkel und ohne statische Berechnung, zogen, stopften, schlangen und dichteten sie nun in einer Rekordzeit von einem Tag und zwei Stunden ein kunstvolles Flechtwerk.

Sie wussten, die Zeit drängte! Das Weibchen war bereits hochschwanger.

Und kaum war das Nest bezugsbereit, lag es auch schon geduldig auf den gelegten Eiern.

Obwohl das Pärchen keine Scheu bei unserer Anwesenheit zeigte, versuchten meine Frau und ich, unsere Aktivitäten auf der Terrasse etwas einzuschränken. Besonders laute Unterhaltungen und Einladungen von Freunden wurden möglichst vermieden.

Wir fühlten uns als „werdende Eltern".

Viele Tage saß nun das Weibchen auf seinen Eiern, nur mit kurzer Unterbrechung für ihre Nahrungsaufnahme. Aus Sorge, es könnte ihr dabei ein Unglück zustoßen oder sie könne womöglich in die Fänge einer Katze geraten, beobachteten wir den Nistplatz und waren erlöst, sahen wir ihren Kopf mit wachen Augen wieder aus dem Nest schauen.

Unsere Sorge war durchaus berechtigt. Eines Tages entdeckten wir eine Krähe in ihrem glänzenden tiefschwarzen Federfrack auf dem Dach der Garage. Wir wussten, diese Schlingel klauen Vogeleier aus fremden Nestern. Und zusätzlich streunten und jagten ständig einige Katzen in der Nähe.

Au weh ...! Wir besitzen selbst eine Katze – und das könnte wahrlich zu einem Problem werden. Das zu verhindern wird unsere völlige Aufmerksamkeit verlangen.

Ausflüge und Reisen in dieser Zeit wurden schon mal gestrichen. Selbst längere Abwesenheit am Tag versuchten wir zu vermeiden.

Unsere Katze, mit dem Kosenamen „Tigerle" (ihres Felles wegen), ist eigentlich eine Kätzin. Sie wirkt aber so überzeugend männlich, dass wir sie in der dritten Person nur mit „er" benennen. Neben ihrer Wildheit, setzt sie auch beim Wasserlassen ein deutlich männliches Zeichen, was atypisch für eine Katze ist. Nicht einmal bei Hunden sieht man das so ausgeprägt. Sie hebt dabei wie im Vorbeigehen ihr Hinterteil etwas an, streckt ein wenig ihre Knie und spritzt.

Als perfekte Mäusefängerin vergreift sie sich leider mit gleichem Erfolg an unseren lieben Vögel, die sie dann jedes Mal voll Stolz auf die Terrasse schleppt oder in die Wohnung bringt, um uns ihre Wurfakrobatik vorzuführen. Dabei schleudert sie das arme gequälte Tier, bis die Federn fliegen, wie einen Ball in die Luft und setzt jedes Mal mit einem Überschlag hinterher. Am Ende verspeist sie es dann mit Genuss.

In solchen hilflosen Momenten, in denen wir ihrem ererbten Naturtrieb machtlos gegenüber stehen, weil keine erzieherischen Maßnamen ihn ändern können, sprechen wir unseren Quälgeist, um unsere Ohnmacht abzureagieren, eine Zeit lang nur noch mit „Tiger" an. Mit hartem „T" gesprochen. Diesen Namen hört sie nicht gerne. Sie liebt ihren Kosenamen über alles und erscheint so manches Mal, wenn man sie damit ruft, was bei Katzen ungewöhnlich ist.

Vor einigen Tagen beobachtete ich sie bei einer Vogeljagd. Wie sie auf dem Balkon auf der Lauer lag, den geeigneten Moment abpasste, bis unter ihr eine Nahrung suchende Amsel sich soweit genähert hatte und sie sich im selben Augenblick im freien Fall von oben auf die nichts ahnende, zu Tode erschrockene Beute stürzte.

Obendrein ist sie eine perfekte Feinschmeckerin. Von den Fertigprodukten bevorzugt sie „Feine Paste mit Kalb und Rind". Auch auf die Reihenfolge legt sie sehr großen Wert. Nach der „Paste", der Hauptmahlzeit, zeigt sie eine hoch kultivierte Schwäche für Joghurt mit Sahne als Nachspeise. Selbst angesetzt von meiner Frau, nicht aus dem Supermarkt und auf 17° Celsius in der Mikrowelle erwärmt.

Dieser kurze Steckbrief unserer Katze mag unsere Sorge um die zu erwartenden Jungvögel begreiflich machen.

Sie hat das Nest unter der Dachrinne natürlich schon längst bemerkt. Obwohl sie den Anschein machte, als interessiere sie nicht im Geringsten, was da oben vor sich geht.

Das Weibchen saß weiter auf den Eiern.

Die Katze schielte beim Vorbeigehen nach oben.

Plötzlich kam Leben in das Nest.

Das Amselpärchen war nun emsig beschäftigt, Nahrung für die jetzt ausgeschlüpften Küken herbeizuschaffen. Abwechselnd schwirrten sie mit einer Menge Würmer im Schnabel an. Im Tiefflug unter dem Rundbogendurchgang eilten sie zum Nest. Der Abflug geschah auf der anderen Seite des Hauses, sodass sie sich gegenseitig nicht behinderten. Wie bei einem Staffellauf, der eine an, der andere ab, tagelang, nur mit kurzen Unterbrechungen.

In den ersten Tagen war von der kleinen Brut noch nichts zu sehen. Als sie dann täglich größer wurden, spitzten als Erstes die Schnäbel über den Nestrand. Vier Stück zählten wir. Mit jedem Tag kamen die Schnäbel höher. Gierig und drängelnd reckten sie alsbald ihre Hälse, mit weit aufgesperrten Mäulern, der Nahrung entgegen.

Die Katze schielte nach oben.

So vergingen eine Woche und einige Tage.

Die Katze schielte weiter nach oben.

Die Küken wurden größer und größer. Das nun zu klein gewordene Nest beengte ihre Bewegungsfreiheit. Bald saßen sie am Rande ihrer Behausung, sie bewegten ihre Flügel. Die Zeit des Abflugs schien gekommen.

Die Katze musste schnellstens ins Haus.

Mit einem Teller Joghurt mit Sahne gelang es meiner Frau, sie in die schützenden Wände zu bekommen. Drinnen rannte sie, nachdem sie satt war, noch eine Weile hin und her, wohl auch aus Zorn, sich verführt haben zu lassen. Dabei wurde sie müde und legte sich aufs Sofa zum Schlafen.

Während dessen fasste sich eines der Küken ein Herz und versuchte seinen ersten Flug, der noch nicht so recht gelingen wollte. Rasch an Höhe verlierend, plumpste es mit seinem schwachen flaumigen Körper an eine gegenüberliegende Fensterscheibe. Hinter dieser Scheibe lag die Katze auf dem Sofa, schreckte durch den Aufprall wie elektrisiert hoch und rannte zum Fenster. Nun standen sie sich gegenüber. Die Katze wusste, dass man durch ein Glas zwar alles sieht, aber nicht hindurch kann. Das dem Nest entflohene Küken wusste es nicht, hüpfte auf dem Fensterbrett verängstigt und mühsam hin und her, wollte weiterfliegen, sah durch das Glas eine Katze, die es regungslos anstarrte. Von Gefahren wusste es noch nichts.

Zitternd, mit pochendem Herzen, versuchte das hilflose Geschöpf wieder und wieder durch die Scheibe zu gelangen.

Unser Tigerle verlor nach und nach seinen Jagdblick. Es schien mir, als amüsierte sie sich über die tapsigen Bemühungen ihres Gegenübers.

Neben dem Fenster steht eine hohe Goldzypresse, hierhin wagte nun das Junge, endlich und mit Erfolg, seinen nächsten Flug. In den höhergelegenen Zweigen lockte und schnarrte bereits ungeduldig die Stimme des Vaters. Mit dessen Hilfe gelangen auch die weiteren Flüge in die schützenden Sträucher unseres Gartens.

Das nächste der Jungen bewegte seine Flügel. Es landete, genauso kraftlos durch den Rundbogendurchgang flatternd, auf der Erde. Wieder war es der Alte, der es mit seinem Lockruf in die naheliegenden Hecken führte.

Das Dritte folgte seinen beiden Geschwistern ohne längeres Zögern. Auch es setzte unbeholfen zu einem Tiefflug an, machte Zwischenstopp auf unserer Terrassenbank und nach einer kurzen Erholungspause gelang ihm schon beim zweiten Versuch eine beachtliche Flugweite. Der arg strapazierte Vater wartete bereits wieder mit seinem Lockruf und einer stärkenden Wurmnahrung.

Der letzte Ausflügler hatte, während wir die Bergung des Dritten verfolgten, in der Zwischenzeit das Nest ebenfalls verlassen.

Auf unserer Terrasse ist es wieder ruhig geworden. Das Nest ist leer und verlassen. Die jungen Erdenbürger sind nun eingebunden in den Kreislauf der Natur.

Die Glyzine an unserer Hauswand erfreut uns mit ihren unzähligen duftenden Blüten, die in langen malvenfarbenen Trauben hängen. Auf dem Dach der Pergola öffnet sich die gelbe Blütenpracht der Lonicera. Die alten Geranienstöcke zeigen, nach ihrem langen Winterschlaf im frostfreien Quartier, die ersten Blüten aus einer überreichen Fülle an Knospen, die sie in kurzer Zeit angesetzt hatten.

Und der wartende Sommer wird, wie jedes Jahr, dem scheidenden Frühling dankend seine Hand reichen. Herbst und Winter werden dann im ewigen Reigen der Jahreszeiten folgen.

Und unsere jungen Vögel werden im kommenden Jahr ihre eigenen Nester bauen und wieder Nachwuchs bekommen – wie jedes Jahr im Frühling.

Das Modell

Es war Anfang September, der scheidende Sommer zeigte sich nochmals in seiner ganzen Schönheit. Die Sonne freute sich, die Wärme des Tages verdrängte noch einmal die bereits beginnende Nachtkühle. Nur die reine Klarheit des Himmels ließ schon den nahenden Herbst erahnen. Im städtischen Schwimmbad war es ruhig geworden. Der Lärm der fröhlichen Kinder war verebbt. Auch die Getränkedosen und Brotzeitpapiere, die, immer so schön malerisch verteilt, das Einheitsgrün der Wiese auflockerten und nach denen man allabendlich die Besucherzahl ermitteln konnte, wurden weniger.

Wie gesagt, es war Anfang September und auf dem Zeichentisch in meinem Atelier lag schon seit Wochen, nein kein Brotzeitpapier, eine Entwurfskizze einer Sommererinnerung, die ich nach einigen Vorentwürfen als endgültig betrachtete.

Bevor der Winter mit seinen langen, kalten, sonnenarmen Monaten den Herbst ablöste, wollte ich es unbedingt noch in Öl malen.

Im Winter würde mir die Einstellung zu einem Sommerbild wohl fehlen.

Ein Genrebild soll es werden.

Drei fröhliche Kinder, zwei Buben und ein Mädchen unter einem Kirschbaum. In ihrer Mitte ein großer Korb, voll mit süßen roten Kirschen.

In einer klassischen Dreieckskomposition möchte ich es darstellen. Die Landschaft im Hintergrund den Figuren untergeordnet. Dominierende Vordergrundstaffelung der drei Kinder.

Und dazu noch meine Katze, seitlich links, die neugierig dem Treiben der Kinder zusieht.

Die Skizze mit dem gefüllten Korb ist bereits ausgearbeitet.

Ein Problem ist die Katze.

Das Biest hält nicht still, wenn ich sie zeichnen möchte.

„Lass das ...!", sagte sie, „es wird doch nichts daraus."

Die hat eine Meinung von mir.

Fotografieren lässt sie sich ebenso wenig. Wenn ich den Apparat in Anschlag bringe, verschwindet sie unter dem Sofa.

Als ich sie eines Tages unbemerkt ablichten konnte und ihr dann das entwickelte Foto unter die Nase hielt, war sie entsetzt über den, ihrer Meinung nach, ekligen Apparat, der, wie sie meinte, alles Schöne verzerrt und niemals die Wirklichkeit zeigt.

Seitdem ist ein Fotoapparat ein rotes Tuch für sie.

Mein Gott, ist diese Katze fett.

Das kommt davon weil sie ständig meinen Leberkäs frisst. Ihren bettelnden Augen kann kein Mensch widerstehen. Scheibe um Scheibe verschwindet in ihrem gierigen Mund.

Nur von einem bestimmten Metzger darf der Leberkäs sein. Von anderen Herstellern rührt sie keine Scheibe an.

Ein heikles, fettes Ungetüm.

Na warte, ich werde ihren Hängebauch, auf den sie so stolz ist, einfach wegzeichnen. Ich muss es ihr nur schonend beibringen.

Einmal, als meine Frau das Monstrum, wegen Übelkeit, in einer Kiste mit Deckel zum Tierarzt schleppte, und dieser in seiner Praxis den Deckel hob, entfuhr es ihm: „Mein

Gott! Was ist das ...?"

„Die schönste Katze", meinte meine Frau kleinlaut, und der Arzt bemerkte mit fester Überzeugung: „Ja, weit und breit."

Das zweite Problem sind die Kinder. Woher bekomme ich drei Kinder, die mir als Modell dienen könnten? In meiner Umgebung sind alle entweder bereits zu alt oder noch zu jung.

Wie jedes Jahr findet in unserer Stadt Anfang September das zwölftägige Volksfest statt.

Durch einen Torbogen mit der Aufschrift „Griaß God", betritt man den Festplatz an der Ingolstädter Straße und tritt ein in einen Mix von Biergebranntenmandelschaschlikundsteckerlfischgeruch, was sofort bei jedem Besucher eine festliche, frohe und gelöste Stimmung erzeugt.

Man kann den Festplatz auch über die Ilmbrücke betreten. Dort kommt man an der Bummerlhalle und an der Bedürfnisanstalt vorbei, was wegen des Geruches weniger zu empfehlen ist.

Das Wichtigste bei einem Volksfest sind die Bierzelte, von denen zwei unseren Festplatz umzäunen.

Das Kleine rechts neben dem Haupteingang, und das Größere gegenüber, am anderen Ende neben der Bedürfnisanstalt, was sehr vernünftig ist.

In meiner Jugend, einige Jahre nach dem Zweiten Weltkrieg, als das Bier noch sehr sehr dünn war, war das auch schon so. Als man nach der ersten Maß schon raus musste, nach der zweiten Maß sich zum zweiten Mal mit verschränkten Beinen in die Warteschlange vor dem Pissoir einreihte und bei der dritten Maß nur noch zum Trinken in das Zelt ging.

Karussells, Schießbuden, Schiffschaukel, Riesenrad, Wurfbuden, unterbrochen durch Süßwaren- und Brotzeitstände, umsäumen das Rondell, in dessen Mitte immer der Autoscooter, das Anbandlzentrum der Jugendlichen, sein Domizil hat.

Der Erfolg eines Volksfestes wird in Bayern nach dem Bierausschank in Hektoliter errechnet und ist im Wesentlichen abhängig vom lieben Gott, der das Wetter dazu macht.

Am Donnerstagnachmittag ist auf dem Rummelplatz Kindertag angesagt. Die Fahrgeschäfte bieten dazu verbilligte Fahrten an.

Hier hoffte ich, mein Modell zu finden.

Der liebe Gott hatte nichts dagegen, er setzte der Sonne ihr breitestes Lächeln auf und ich begab mich auf die Kinderpirsch.

Beim Kettenkarussell kam mir eine Erinnerung an meine Kinderzeit. Vor vierzig Jahren dürfte es gewesen sein; als ich noch schnell, bevor das Karussell zum Stillstand kam, auf die erhöhte Ein- und Ausstiegsplattform schlüpfen wollte und mir dabei ein schlenkernder Kinderfuß eine Platzwunde am Kopf zufügte, die sofort im nahegelegenen Krankenhaus genäht werden musste.

Mit dieser Erinnerung an meinen damaligen modischen Turbankopf sah ich ihn.

Mein Modell ...

Ein kleiner, lustig aussehender, hübscher Bub mit blonden Locken. So wie ich ihn mir vorgestellt hatte.

Ein kleiner Wirbelwind.

Er sprang aus dem Karussell, fetzte zum Autoscooter – ich hinterher. Das nächste Karussell lockte. Einer Drehschüttelschleuder, bei der man vom Zuschauen schon schwindlig wird, konnte er nicht widerstehen. Daraufhin prüfte er bei einer Wurfbude seine Treffsicherheit.

Als der Treibauf dann endlich an einem Süßwarenstand zur Ruhe kam, sah ich meinen Auftritt gekommen.

Ich schaute in sein von Zuckerwatte verklebtes Gesicht.

„Na, wie heißt du?"

Diese Frage löst bei jedem Kind ein schlechtes Gewissen aus. Es überlegt in Sekundenbruchteilen, habe ich was angestellt ...?

Ein richtiger Bub hat immer etwas angestellt, das wusste er, und so klang seine Stimme, als er auf meine Frage mit „Lothar Berger" antwortete, etwas ängstlich.

„Wo wohnst du?", wollte ich weiter wissen.

Und noch etwas ängstlicher klang es: „Lindenstraße 12."

„Lothar", sagte ich, „ich bin Maler und suche für ein bestimmtes Bild, das ich malen möchte, so einen Buben wie dich. Willst du mir nicht dafür Modell stehen?"

Bei Lothar löste sich sichtbar die Angst.

Er hatte also nichts angestellt. Er bekam Oberwasser.

„Na, so was mach i ned!"

Und schon war er wie vom Erdboden verschluckt.

So schnell ich auch durch das Menschengewirr lief, von Lothar war nichts mehr zu sehen.

Nun stand ich da, ohne mein Modell. Eine fatale Situation.

In einer Kleinstadt, in der man sich so manches Mal über den Weg läuft, kann das sehr brenzlig werden.

Am Hauptplatz sieht man sich zufällig, er in Begleitung seiner Mama oder seines Papas, oder beider.

Er: „Papa, das ist der Mann, der mich neulich auf dem Volksfest ...!"

Papa: „Ah, der Sittenstrolch ...!"

Passanten hören mit, drehen sich nach mir um - Polizei ... Verhaftung ... Verurteilung.

Kindesmissbrauch!

Ja, so schnell kann das in einem ordentlichen, gut organisierten Rechtsstaat geschehen.

Zum Glück wusste ich seinen Namen und hatte seine Adresse.

Stunden später drückte ich meinen Zeigefinger auf den kleinen, runden, weißen Knopf, rechts neben der Haustür vom Wohnhaus Lindenstraße 12.

Eine junge Frau öffnete.

„Haben Sie einen Sohn der Lothar heißt?"

„Ja, wieso ...?", erwiderte sie. „Hat er schon wieder etwas angestellt?"

Ich musste lachen. „Nein, das hat er nicht", und ich erzählte ihr die Geschichte sowie mein Anliegen.

„Na, ich dachte schon, dass wieder etwas los sei mit dem Wildfang", meinte sie erleichtert.

„Lothar komm mal raus!", rief sie in die offenstehende Zimmertür.

Lothar kam heraus.

Noch zaghaft und etwas gehemmt, stellte sich der Wildfang neben die Mama.

„Schau, der Mann möchte dich auf ein Bild malen, weil du ihm so gut gefällst."

Lothar wurde sogleich größer. „Was muas i do doa?"

„Nur etwas stillhalten!", meinte ich.

Das schien ihm nicht zu schwierig, während seine Mutter dabei lachte.

„Lothar, hast du einen Freund?", ging ich mit meinen Wünschen noch weiter. Zwei Kinder fehlten mir ja noch. Ein Bub und ein Mädchen. So ein Bub wie Lothar hat immer einen Freund.

„Ja, hob i!"

„Und wie ist es mit einer Freundin?"

„Hob i a!", versicherte er kurz und bündig.

„Wohnen die beiden in der Nähe? Könnte ich sie mal sehen?", wollte ich noch wissen.

„Ja, glei!"

Und wie der Blitz verschwand er im Zimmer.

Und nach einigen Minuten standen die Drei vor mir.

Meine drei Kirschenpflücker, so wie sie in meiner Vorstellung aussehen sollten.

Drei lustige hübsche Kinder, zwei Buben und ein Mädchen.

Das Geburtstagsgeschenk

In meinem Keller lagert seit Jahren eine bestimmte Flasche Sekt. Das heißt, sie lagert nicht ständig hier, nur zu einer gewissen Zeit. Es ist ein besonderer Sekt, nicht der Marke wegen. Es ist auch kein teurer Sekt, nur einer der mittleren Preisklasse, wie man sie in den Supermärkten bekommt.

Warum er so besonders ist, das hat seinen Grund.

Wenn ich einem bestimmten Freund per Telefon meine Glückwünsche zu seinem Geburtstag ausspreche, und das tue ich jedes Jahr, so endet das Gespräch jedes Mal: „Ach komm doch abends vorbei, zu einer kleinen Feier."

So bleibt mir kurzfristig nur der Gang in meinen Keller, denn irgendetwas muss man ja in der Hand haben, wenn man da abends erscheint. Und bei einem Mann liegt man mit etwas Alkoholischem immer richtig.

Und da ich weiß, dass mein Freund außer Sekt eigentlich alles trinkt, hole ich aus dem Regal diese besondere Flasche Sekt.

Jedenfalls zeigt er sich immer freudig überrascht: „Na, das hätt's aber nicht gebraucht."

Da er natürlich mehrere Freunde eingeladen hatte, standen auf seinem Gabentisch diverse Getränkeflaschen. Die meisten hatten Wein mitgebracht – den trinkt er gern.

Da unsere beiden Geburtstage ein gutes halbes Jahr auseinander liegen, geschieht bei meiner Einladung, die ich ebenfalls kurzfristig per Telefon ausspreche, das selbe.

Ich höre ihn förmlich, wie er darauf grübelnd seine liebe Frau zu Rate zieht: „Was soll ich dem mitbringen?" Und seine kluge Frau wird ihm sagen: „Du hast doch im Keller eine Flasche Sekt, die du nicht trinkst – ich weiß nicht mehr von wem die eigentlich ist."

Und da meinem Freund bekannt ist, dass Sekt auch nicht zu meinen auserwählten Getränken zählt, erscheint er abends mit meiner Flasche Sekt im Arm.

Diese Flasche habe ich, da sie mir irgendwie bekannt vorkam, eines Tages mit einem kleinen roten Punkt auf dem Etikett markiert.

So liegt diese Flasche Sekt ein halbes Jahr in meinem Keller, dann wechselt sie wieder für das andere halbe Jahr den Lagerplatz und wartet bis zur nächsten Feier.

Wie oft diese Flasche bereits den Keller gewechselt hat, das weiß ich nicht mehr genau.

Aber eines weiß ich bestimmt. So lange diese Flasche hin und her wandert, so lange wird unsere Freundschaft bestehen – und das ist gut so.

Im Zug

Es geschah in der Regionalbahn, an einer Haltestelle stieg sie ein. Sie war in Begleitung einer ihr bekannten Frau, mit der sie plaudernd, mir gegenüber, an der anderen Fensterseite Platz nahm. Sie trug einen kurzen weinroten Mantel. Ihre kastanienbraunen Haare, die wahrscheinlich getönt waren, lagen etwas über dem grauen Stehkragen des Mantels. Sie hatte eine leicht nach oben geneigte spitze Nase und Sommersprossen, wie ich mit flüchtigem Blick bemerkte.

Kein Zweifel ... sie ist es!

Wie viele Jahre sind inzwischen vergangen...? Vierzig...? Eine lange Zeit ... zu lange. Was einmal gewesen, verblasst mit den Jahren. Aber die Nase und die Sommersprossen, die ich damals so niedlich fand, die sind geblieben.

Wir sind vor langer Zeit, wie man so sagt, miteinander gegangen.

Bevor ich meine Frau kennenlernte und meine liebe Frau sitzt momentan mir gegenüber.

Ob sie mich auch bemerkt hat ...?

Vielleicht erkennt sie mich nicht wieder ... nach vierzig Jahren ...

Weshalb haben wir uns eigentlich damals getrennt ...?

So genau weiß ich das heute nicht mehr. Ich glaube unsere Zweisamkeit verlor so nach und nach an Farbe und Gewicht, wurde müde. Es hörte einfach auf, ohne Streit, ohne böse Worte.

Sollte ich versuchen, ihrem Blick zu begegnen oder sie einfach ansprechen: „Grüß dich Margot!"

Ich wählte den feigen Weg, tat so, als hätte ich sie nicht erkannt – was nach so vielen Jahren durchaus denkbar erscheint.

Die Neugier erfasste mich trotzdem. Ich ließ einige Male meinen Blick an ihr vorbeihuschen, so, als würde etwas im Hintergrund des Abteils mein Interesse wecken. Sie unterhielt sich weiterhin angeregt mit ihrer Nachbarin. Das verletzte mich irgendwie. Bin ich ihr denn keines Blickes mehr wert! Oder habe ich mich in den vergangenen Jahren so gewaltig verändert?

Ich versuchte, mein Spiegelbild zu befragen ... Meine Frau unterbrach meine Nachforschungen. Dementsprechend beteiligte ich mich wieder an ihrer Unterhaltung. Das heißt, ich machte den Stichwortgeber und meine liebe Frau erzählte – sie kann gut erzählen. Und ich bekam meine Auszeit.

Ich sah gedanklich in den Spiegel: Eigentlich stimmt alles. Noch schlank wie mit zwanzig, volles Haar, etwas grau, das heißt, schon sehr grau. Selber merkt man die Veränderung am wenigsten. Nur mit meiner heutigen Kleidung, schwarze Jeanshose, ein 25-Mark-Pulli und eine Notkaufjacke, die meine Frau zu dem Ausspruch verleitete: „Kauf dir doch mal etwas ordentliches, du siehst darin aus wie ein Bettler!"

Und meine Frau? Berauschend sieht sie heute auch nicht aus, mit ihrer grauen Flanellhose, die ich nie leiden konnte.

Das Band gegenüber war abgelaufen, ich versuchte wieder ein passendes Geldstück in den Automaten zu stecken. Es ist ein altes Spiel, das funktioniert.

Ich bekam wieder eine Auszeit.

Wie war das doch damals – die erste Begegnung mit Margot ...? Ich erinnere mich wieder. Es war in der Bahnhofsallee, als ich sie ansprach – wie Faust einstens sein Gretchen: „Mein schönes Fräulein darf ich's wagen, meinen Arm und Geleit ihr anzutragen …?" Und sie zu meiner größten Überraschung, in Abwandlung des bekannten Verses, darauf antwortete: „Bin weder Fräulein weder schön, doch ich will gerne mit Ihnen spazieren gehen!"

Und nun sitzen wir nach vier Jahrzehnten im gleichen Abteil und versuchen, uns nicht zu kennen. Wie komisch wir Menschen doch manchmal sind.

Die Neugier ließ mich nicht ruhen. Bei gerader Kopfhaltung, mit bis zum Anschlag überdrehten Augen nach rechts, bemerkte ich, dass auch ihr Kopf einige Male sich in meine Richtung bewegte und dort etwas verweilte.

Aha! Sie mustert mich.

Ist das nicht … wird sie sich fragen – und Erinnerungen werden sie aufsuchen.

Eigentlich hätte ich meiner Frau zuflüstern müssen: Du, da drüben sitzt meine Jugendfreundin, die mit dem weinroten Mantel. Schließlich war es vor ihrer Zeit. Doch dann wäre der Kopf meiner Frau in ständige Bewegung geraten und sie hätte Vergleiche gesucht. Von Kopf bis Fuß eine kolossale Musterung durchgeführt. Und, am Ende der Beweisaufnahme, mir ein ellenlanges Plädoyer gehalten.

Ich entdeckte, dass die beiden Frauen mir gegenüber sich in meiner Fensterscheibe spiegelten, deshalb interessierte mich plötzlich die Landschaft da draußen. Auch meine Ehemalige machte dieselbe Entdeckung.

Huch! Wir sahen uns in die Augen …

„Nächste Haltestelle Hauptbahnhof!" – ruft der Zugführer.

Langsam bremst der Zug. Die zwei Damen begeben sich zum Ausgang. Ich bleibe noch einen Moment sitzen, binde mein Schuhband, das tadellos geschnürt war. Der Zug steht, sie ist am Bahnsteig. Noch einmal schaue ich ihr nach – sehe sie von rückwärts. Oh, sie ist aber ganz schön mollig geworden.

Ob sie es wirklich war ...?

Vielleicht begegnen wir uns einmal wieder und sie wird sagen: „Ich habe dich neulich im Zug gesehen. Du saßt mir gegenüber und hast mich nicht erkannt."
Und ich werde darauf erwidern: „Ja, warum hast du dich nicht bemerkbar gemacht?"
Vielleicht sehen wir uns auch nie mehr im Leben.

In Wirklichkeit war das alles gar nicht wahr.
Ich saß weder in der Regionalbahn, noch war ich je mit einer Margot liiert.
Es ist ein sonniger Spätsommertag. Ich sitze gemütlich unter einem schützenden Sonnendach auf meiner Terrasse, mit einem Schreibblock in der Hand. Und da habe ich mir diese Geschichte ausgedacht.
Für morgen kündigt der Wetterbericht wieder Regen an.
Eben schwebt meine liebe Frau durch die Tür, mit einem Pflaumenkuchen in der Hand.
So, jetzt mache ich Schluss ...
Adieu, ihr schönen, aufregenden Gedanken ...

Ein Herrensakko erzählt aus seinem Leben

Ich wurde in einer hochangesehenen Firma im Rheinland, durch geschickte Hände, aus einer Verbindung von 80 % Polyester und 20 % Viskose gezeugt.

Zum besseren Verständnis, weil es auf meinem Lebensweg eine große Rolle spielen wird, möchte ich erwähnen, dass ich durch meine schwarze Farbe automatisch in den Adelsstand erhoben wurde. Das heißt wiederum, meine zukünftige Aufgabe beschränkt sich ausschließlich darauf, meinen Besitzer bei festlichen Anlässen und Repräsentationen würdevoll und beneidenswert erscheinen zu lassen.

Als ich nach kurzer Zeit den ersten Gesundheitstest in der Firma glücklich überstanden hatte, hängte man mich auf einen schwarzen Bügel, der mich fortan auf meinem Lebensweg begleiten sollte und schob mich, mit all meinen Brüdern gleichen Geschlechtes, in ein großes Auto.

Nach einer langen Fahrt, mit vielen Staus auf der Autobahn, gelangten wir in eine mächtige Stadt. Dort, in einem exklusiven Kaufhaus, wurden wir nun, mit einem Preisschild im Nacken, zum Verkauf freigegeben.

Viele Wochen hing ich, erwartungsvoll und frohen Mutes, mit dem Bügel im Hals, auf einer langen Stange und hoffte, dass eines Tages ein fescher Herr an mir Gefallen finden würde.

Meine Hoffnung erfüllte sich: Ein junger sympathischer Mann mit schwarzgelockten Haaren musterte mich längere Zeit. Er gefiel mir ausnehmend gut – er hatte meine Größe. Das hübsche Mädchen, das täglich zu meiner Bewachung hier weilte, bemerkte sein Interesse an mir, sie nahm mich vom Bügel und half dem jungen Mann in meine Arme.

„Es passt ausgezeichnet", meinte sie mit ehrlicher Überzeugung. Der junge Mann drehte sich vor dem Spiegel. Zum ersten Mal in meinem Dasein sah ich mich nun selbst. Das Mädchen hatte recht, wir sahen blendend aus. Sein Spiegelbild überzeugte auch den jungen Mann, so stand meiner Umsiedlung nichts mehr im Wege.

Zuhause angekommen, sperrte er mich in einen großen Schrank, in dem auf der Stange bereits einige andersfarbige Artgenossen hingen, die mich neugierig einer Musterung unterzogen. Natürlich musste meine schwarze Farbe einen gewissen Neid bei ihnen aufkommen lassen. In meinem Rücken, auf derselben Stange, hing ein langer dunkler Mantel. Mit dem musst du dich gut stellen, dachte ich mir, denn der ist ausschließlich für deinen Schutz verantwortlich.

„Wie lange hängst du schon hier?", fing ich vorsichtig ein Gespräch an.

„Ach, das ist schon eine lange Zeit", sagte er missmutig. „Es gibt für mich wenig zu tun, ich komme nur bei schlechtem Wetter, bei Regen und Kälte aus dem Schrank. Dich beneide ich, dir stehen alle Türen offen, du kommst überall mit rein. Mich hängt man jedes Mal, bevor es schön wird und es etwas zu sehen und zu hören gibt, in die Garderobe."

Mein erster Auftritt kam nach einigen Wochen. Der junge Mann trug ein blütenweißes Hemd am Leibe und eine weiße Fliege zierte seinen Hals. Das frische weiße Hemd fühlte sich gut an unter meiner Haut. Zugleich verbreitete sein Rasierwasser einen angenehmen Duft um mich. Als er sich vor dem Spiegel drehte, nickte er mit dem Kopf. Er war zufrieden – ich war es auch.

Es war ein warmer sonniger Maientag. Der junge Mann fuhr mit seinem Auto durch mehrere Straßen und steuerte auf eine Kirche zu. Vor dem Portal stand eine größere Anzahl von Menschen, alle waren sie festlich gekleidet. Eine junge bildhübsche Frau in einem langen weißen Kleid löste sich und kam auf uns zu.

Jetzt wusste ich Bescheid – wir heiraten!

Er nahm sie innig in die Arme und drückte sie an mich. Ich fühlte ihr klopfendes Herz an meiner Brust. Es war ein angenehmes Gefühl, diese erste Berührung mit dem anderen Geschlecht. Sie reichte uns ihren rechten Arm und so schritten wir, begleitet von festlicher Orgelmusik, zum Altar.

„Wollen sie Ihre Frau lieben und achten und ihr die Treue halten alle Tage Ihres Lebens, bis der Tod Euch scheidet?", fragte der Priester. Ein sicheres „Ja" erklang. Sie steckten sich gegenseitig die Ringe an.

„Trag diesen Ring als Zeichen meiner Liebe und Treue." Der Priester legte darüber seine Stola und segnete den Bund.

Es war sehr ergreifend.

Sie küssten sich, wieder spürte ich ihren angenehmen Duft und ihr pochendes Herz.

Dann mussten wir viele Hände schütteln.

Das Hochzeitsmahl fand in einem schön geschmückten Saal statt. Blumen standen auf dem Tisch. Viele Gäste waren geladen. Die Musik spielte, es wurde getanzt.

Und es wurde sehr spät.

Zuhause trug er seine junge Frau über die Schwelle der Schlafzimmertür. Ich spürte ihren bebenden Körper der mich erwartungsfroh stimmte. Mein Herr zog mich aus, legte den Bügel um meinen Hals und hängte mich in den Kleiderschrank, dessen Tür er sorgfältig schloss – schade! Es war ein schöner Tag, den ich erleben durfte. Und ich wusste, diese hübsche Frau wird von nun an für meine Pflege und Sauberkeit zuständig sein. Sie wird dafür sorgen, dass es mir gut geht. Das erfüllte mich mit großer Freude.

Leider durfte ich nicht mit auf ihre Hochzeitsreise. Er entschied sich für den Grauen und Beigen, die vor mir an der Stange hingen.

Wochen und Monate folgten, in denen ich nicht aus dem Schrank kam. Neue Mitbewohner wurden auf die Stange gehängt. Modische Jünglinge von schlechter Herkunft, mit schlechter Haltung und schlechtem Geruch. Es kam die kalte Jahreszeit, mit Regen, Frost und Schnee. Die Tage wurden kurz und kürzer, die Nächte lang und länger. Es kam meine Zeit, meine großen Auftritte begannen.

Wir gingen in die Oper, der Mantel durfte mit, musste aber bis zum Ende in der Garderobe warten. Theaterbesuche folgten. Ich begleitete ihn zu Chorkonzerten, bei denen er als aktiver Sänger beteiligt war. Wir sangen in großen Sälen, in Kirchen. Ich fühlte mich dabei richtig wohl, inmitten von vielen meiner Artgenossen. Der Mantel durfte jedes Mal mit, musste aber jedes Mal ...

Dann kam der Fasching.

Walzer tanzte ich am liebsten. Da schwebten und drehten sich schön gekleidete und wohlgebaute Mädchen in meinen Armen. Man übergoss mich mit Konfetti und bunte Luftschlangen hingen an meiner Schulter.

Lange, sehr lange dauerten diese Nächte.

„Na, hast du dich wieder prächtig amüsiert", frotzelte dann jedes Mal neidisch der Mantel, als wir ihn aus der Garderobe befreiten.

Manchmal hatte mein Herr in diesen langen Nächten zu tief ins Glas geschaut, dann warf er mich im Schlafzimmer jedes Mal achtlos über die Stuhllehne. Den nächsten Tag musste ich dann auf dem Balkon verbringen. Denn ein unangenehmer Geruch aus kaltem Rauch, Alkohol und Schweiß haftete an mir.

Es waren turbulente Wochen, in denen ich richtig gefordert wurde.

Nach einigen Monaten Erholung, es war kurz nach Pfingsten, holte er mich wieder aus dem Schrank.

Dem jungen Paar ward ein Kind geschenkt. Als ich ihn zum ersten Mal im Arme hielt, es war ein Junge, machte er mich nass. Die Frau schrubbte mächtig an mir herum, bis ich wieder geruchlos war.

Der Kleine wurde getauft und ich musste mit.

Der Priester goss geweihtes Wasser über den Kopf des Kindes: „Ich taufe dich im Namen des Vaters ..." und so weiter. Die Taufkerze brannte, ein Tropfen Wachs benetzte meinen Ärmel, den ich unbemerkt als Souvenir nach Hause nehmen konnte. Es war wieder sehr feierlich.

Wochen später legte mich mein Herr an - er war sehr traurig. Nicht nur für freudige Ereignisse und feierliche Stunden wurde ich gebraucht.

Als wir in die Kirche kamen, stand ein Sarg vor dem Altar. Sein Vater war plötzlich gestorben. Nach der Totenmesse schritten wir hinter dem Sarg, gefolgt von einer großen Trauergemeinde, zum offenen Grab.

Der Priester sprach: „Von Erde bist du gekommen und zur Erde kehrst du zurück."

Ich überlegte mir, wie das wohl bei meinem Ende heißen wird?

So vergingen die Jahre, im Wechsel von Freud und Leid. Kurzeinsätze und lange Ruhepausen lösten sich ab. Die Zeit ging nicht spurlos an mir vorüber. Die Spaß- und Vergnügungssucht der Menschen nagte an meiner Gesundheit. Zum ersten Mal musste ich in die Klinik, wurde innen und außen gründlich durchsucht. Man bearbeitete mich mit verschiedenen Salben und übelriechenden Tinkturen. Anschließend überwies man mich in die Schönheitschirurgie. Dort benetzte man meine runzelige Haut mit kaltem Wasser, legte darüber ein weißes Leinentuch und glättete mich mit einem heißen Eisen. Dann ließ man mich wieder nach Hause.

Eines Tages legte die Frau ein ekelhaft riechendes Pulver in den Schrank, zur Abschreckung der kleinen Falter, die bereits seit langem hier ihr Unwesen trieben. Aber das Pulver schmeckte ihnen nicht. Sie hielten sich an das Herkömmliche und fraßen weiter Löcher in die hellen Sakkos. Ich blieb Gott sei Dank von den Biestern verschont.

Wieder vergingen die Jahre, eines glich dem anderen.

Schon seit einiger Zeit bemerkte ich, dass mein Herr den mittleren Knopf an mir nicht mehr zumachte und wenn er es tat, dann spürte ich eine unangenehme Enge in mir.

Seine Frau sagte: „Du bist zu dick geworden, ich glaube, du musst dir ein neues Sakko anschaffen."

Ich stürzte in ein tiefes Loch, denn ich wusste, durch diese Worte waren meine Tage hier gezählt.

„Sei nicht traurig", tröstete mich der Mantel, als ich ihm meine Entdeckung mitteilte.

„Das ist nun mal so im Leben. Bescheidenheit und Pflichttreue werden nur in Romanen belohnt. Im Leben wird man ausgenützt und dann beiseite geschoben."

Wie recht er hatte. Denn bald hing ein neues schwarzes Sakko an meinem Platz und ich fand mich zusammengerollt in einem Plastiksack wieder.

Was mit mir weiter geschieht, daran möchte ich jetzt nicht denken – verbrennen lasse ich mich jedenfalls nicht. Es ist wie bei den Menschen selbst. Man fühlt sich noch lange nicht zu alt, aber man wird nicht mehr gebraucht.

Würde der Überfluss der zivilisierten Menschheit in vernünftige Bahnen gelenkt (Normalisierung der fetten Bäuche), so könnte manches Sakko noch viele Jahre, mit Zufriedenheit des Besitzers, seinen Dienst verrichten.

(PS: Ich habe mir sagen lassen, etwa 80 Milliarden Euro kostet jährlich die Behandlung von Fehlernährungen. Die Kosten für neue Sakkos und Hosen sind hier noch gar nicht mitgerechnet.)

Der Kleingärtner

Ein kleines Grundstück am Rande der Stadt. Zwischen Straßen, zwischen Grenzen, im Umfeld eines Hauses, geschmiegt an Mauern und Hecken; das ist die friedliche kleine Welt, der Garten Eden, das Paradies des Kleingärtners.

Er ackert, sät, pflanzt, schneidet, plant, so wie es die Jahreszeit verlangt. Er freut sich, darin in der Sonne zu sitzen, inmitten einer Blumenwiese mit unzähligen Schmetterlingen. Er erfreut sich am Summen der Bienen, an duftenden Kräutern, blühenden Obstbäumen, selbstgezogenen Beerensträuchern. Ganz besonders erfreut er sich an seinem Gemüsegarten, der ihm das ganze Jahr frische, gesunde und schmackhafte Nahrung schenkt.

Hier ist er König! Herrscher über sein Reich! Umgeben von einer Schar gehorsamer Gartenzwerge, seinen Untertanen, zur Fronarbeit bereit. Große farbige Christbaumkugeln funkeln, aufgespießt zwischen Blumen, in der Sonne und eine Aphrodite aus Stein steht auf einem Sockel und hat nichts an.

„Was kann es Schöneres geben?", denkt der mit sich und der Welt zufriedene Mann.

TEIL 1 - Positiv!

Ist die kalte Jahreszeit, der Schrecken eines jeden Kleingärtners, die ihn zur Untätigkeit verdammt, zur Gefangenschaft und zu dreimonatiger Haft ohne Bewährung
verurteilt, endlich beendet, beginnt mit den ersten Frühling erahnenden Februartagen wieder aufs Neue das hoff-
nungsvolle Leben des Gärtners.

Der Wein verlangt seinen Winterschnitt. Die ersten Sä-
mereien kommen in Schalen auf die Fensterbank. Baum-
schnitt, sommerblühende Ziersträucher auslichten. Im
Folgemonat besät und bepflanzt er die nackte, mit Kompost angereicherte, feinkrümelige Erde im Gemüsebeet.

Die überwinterten Topfblumen kommen wieder an die
frische Luft, und die Rosen warten auf ihren Verjüngungs-
schnitt.

Unser Kleingärtner ist in seinem Element, das Leben
wieder lebenswert.

Jeden Tag entdeckt er neues Werden, neues Wachsen,
neue Wunder, in seiner kleinen Oase.

Der Wonnemonat Mai folgt dem wasserspendenden
April. Nach den Eisheiligen, den letzten „Nachtfröstlern",
gelangen Tomaten, Bohnen, Gurken und Zucchini in das
fri-sche Beet.

Ein unendliches Blühen entzückt sein beglücktes Herz.
Kirsche, Zwetschge, Apfel, Birne, Ziersträucher in Rot, in
Gelb, in Weiß – und die ganze Pracht der bezaubernden
Frühjahrsblumen.

Stolz und zufrieden steht er nun inmitten seines mit
fleißiger Hand geschaffenen Wunders. Ein Gedicht von
Eduard Mörike kommt ihm in den Sinn.

Tiefbewegt spricht er vor sich hin:

Frühling lässt sein blaues Band ....
Wieder flattern durch die Lüfte;
Süße, wohlbekannte Düfte
Streifen ahnungsvoll das Land.
Veilchen träumen schon,
Wollen balde kommen. –
Horch, von fern ein leiser Harfenton!
Frühling, ja du bist's!
Dich hab' ich vernommen!

Juni, Juli folgen. Die erste Ernte. Der Salat hat bereits ge-
kopft, groß wie ein Fußball. Kohlrabi grün und fest. Erste
Beeren sind gereift, Kirschen hängen rot an den Zweigen.
Jeder Monat bringt neue Ernte.
Endlose Zufriedenheit leuchtet in seinem Gesicht. „Ach
was brauch ich Reisen, fremde Länder", denkt er, „hier ist
meine Erfüllung, hier hab ich mein Paradies!"
Allabendlich sitzt nun unser glücklicher Mann vor sei-
ner Hütte; mit stolzer Brust sein gelungenes Werk betrach-
tend, wie weiland der „Herr" nach Erschaffung der Erde
– „Und Gott sah, dass es gut war". Wie ein übermütiges
Kind spuckte er nach dem Genuss einer süßen Kirsche
den Kern im hohen Bogen.
Der melodische Gesang einer Amsel erfreut sein beweg-
tes Herz. Frohgemut pfeift er leise ein Lied vor sich hin
– Schuberts Heideröslein (die dritte Strophe).
Der goldene Herbst naht. Die letzte Ernte. Genüsslich
beißt er in einen gutgereiften, frischgepflückten, rotgolde-
nen Apfel. Er füllt die Regale im Keller mit frischem Obst,
süße köstliche Nahrung für die langen kalten Wintermo-
nate.

Die letzten Arbeiten des Jahres stehen an. Abräumen im Gemüsebeet, umgraben, den Kompost häufeln, die Topfblumen ins Winterquartier. Ein letzter prüfender Gang durch sein Reich – Feierabend ...!

Sehnsüchtig steht er am Fenster. Die ersten Herbststürme ziehen durchs Land, Regen klopft an die Scheiben. Bald sitzt er vor dem warmen Ofen, müde, aber zufrieden und träumt. ... Na, was wird er wohl träumen ...?

TEIL 2 – Negativ!

Der Kleingärtner sitzt missmutig die Winterzeit ab, die Zeit des „Nichtstuns". Er zählt die Tage wie ein werdender Vater vor der Niederkunft seiner Frau. Er ist süchtig nach Gärtnerei. Ach, wenn es doch schon wieder Frühling wär! In der Sonne sitzen, umgeben von Blumen, Früchten und Gemüse. Es gibt nichts Schöneres im Leben.

Der Kalender bemüht sich; es ist Frühling geworden! Mit grauem Himmel, mit Regen, mit Schnee und Kälte.

Erste warme, trockene Tage folgen endlich. Die Sonne lächelt. Der Kleingärtner nützt dies Lächeln sofort. Er pflanzt, er sät, er rackert, er schwitzt. Die Sonne lächelt ihn mehrere Tage an. Er glaubt nicht mehr an Nachtfröste, stellt die überwinterten Topfblumen ans Licht. ... Die Nachtfröste nehmen kein Ende – wochenlang. Das alljährliche Töpfe-raus-Töpfe-rein-Spiel beginnt und treibt ihm den Schweiß auf die Stirne. Es sind schwere große Töpfe aus Ton. Über Nacht ist nochmals Schnee gefallen. Es ist bitterkalt.

Der Mai beginnt aufregend und überraschend mit schönem warmen Wetter.

Der Kleingärtner sät zum zweiten Mal. Seine erste Saat liegt verfault in der kalten nassen Erde.

Der Mai wird noch schöner, bereits sommerlich warm. Salat, Kohlrabi, Brokkoli, sie alle wachsen zur Zufriedenheit des Gärtners. Mit ihnen auch die „Nacktschnecken", die bereits eine beachtliche Länge aufweisen. Zur Abendstunde kriechen sie aus ihrem Versteck und machen sich über Gemüse und Blumen her. Am Kopfsalat hängen des Morgens Dutzende von diesen ekligen Leibern. Die großen Blätter des Brokkoli haben Ähnlichkeit mit Fischgräten.

„Mein Gott!", entfährt es dem geplagten Mann, „wo sind denn die frisch gepflanzten Tagetesblumen, die ich gestern am Blumenmarkt für 12 € gekauft habe?", als er die leeren nackten Stiele sieht.

Er rennt zum Fachmarkt. „Schneckenkorn" denkt er, die einzig wirksame Waffe!

Es ist wieder kalt geworden. Die Eisheiligen mit tagelangem Regen.

Die Bohnen, die er, verleitet durch die schönen Maientage, bereits gesetzt hat, verspüren keine Lust mehr zum Keimen. Die Obstbäume stehen in voller Blüte – und es regnet und regnet. Natürlich scheint auch wieder mal die Sonne. Unser Kleingärtner setzt zum zweiten Mal die Bohnen. Durch den langen Regen verlor das Schneckenkorn seine Wirkung. Auf dem Kompost halten die Biester nach einem Regenguss regelmäßig ein „Open-Air-Fest" ab.

Der gestresste Mann schleicht nach jedem Schauer, leise, gebückt, mit einer teilnahmslosen alten Schere bewaffnet, durch sein Paradies, um damit den Kampf gegen die Schneckeninvasion aufzunehmen. Ein aussichtsloser Kampf, wie er alsbald selber einsieht. Doch er kämpft weiter.

Über Nacht wuchsen Tausende von grünen Blattläusen an den jungen Trieben und Knospen der Rosen. Sowie eine unzählige weiße, klebrige Brut an der Unterseite der jungen Blätter seiner Zwetschge.

Wieder rennt er zum Fachmarkt.

In Gottes Küche ist für jede Krankheit ein Kraut gewachsen und in der Giftküche der Chemiewerke wird gegen jeden Schädling ein Wässerchen gebraut.

Eine andere Gattung von Blattläusen, die „Schwarzen", verspeisen bereits zu Zigtausenden die lieblichen gelben Blüten an seiner Lonicera-Kletterblume. Inzwischen ringeln kleine grüne Raupen des „Frostspanners" die Blätter der Rosen und zeigen dabei ihren übermäßigen Appetit.

Der Kleingärtner rennt ...

Die zweite Bohnensaat wurde, kaum dass sie ihre Nase aus der Erde streckte, von den Schnecken verzehrt. Der bedauernswerte Gärtner legt zum dritten Mal die Körner in die Erde.

Monilia, Spitzendürre, am Kirschbaum, am Apfelbaum. Birnengitterrost und Mehltau am Wein bringen ihn zur Verzweiflung. Ebenso die kleinen Erdflöhe am Kohl und an den Rettichen.

Er rennt nicht mehr zum Fachmarkt. Sein Giftschrank ist inzwischen gefüllt.

Missmutig, voll innerem Zorn, sitzt er vor seiner Hütte, beäugt sein Werk. Eine Schar von Amseln macht sich über seine süßen Kirschen her. Gsch ... Gsch – Händeklatschen stört sie nicht. Auch nicht die hässliche Vogelscheuche, ausgestopft mit alten Kleidern seiner Frau, die wie eine Antenne den Baum überragt.

Vorsichtig steckt er sich eine der süßen Kirschen in den Mund und entdeckt eine nette, kleine, weiße Made im

Fruchtfleisch. In jeder Kirsche eine Made, stellt er fest. Sehr gerecht verteilt.

Der wechselhafte Sommer neigt sich dem Ende zu. Im Garten geht die Reife weiter. Zwetschgen hängen am Baum, zur Ernte bereit. In ihrem Innern die Made des Pflaumenwicklers, die das Fleisch mit Kot verschmutzt. Wochen später überfällt eine Horde Wespen die süßen Trauben an der Hausmauer und macht auch vor den reifen Birnen nicht halt.

Im Gemüsebeet wird es ruhig. Die Schnecken, übersättigt und träge, bereiten sich bereits auf ihre Eiablage vor.

Es ist Oktober geworden. Die schorfigen Äpfel hängen reif am Baum. Die Fruchtmonilia ließ zwei Drittel der Ernte faulen.

Mit verhaltenem Genuss beißt unser Gärtner in einen frischgepflückten rotgelben Apfel, seinen Lieblingsapfel „Cox-Orange", und spuckt den Bissen sofort wieder aus. Ein neugieriger dicker Wurm ist die Ursache. Die Made des Apfelwicklers.

Im Keller gibt es wenig zu lagern, die Regale bleiben ziemlich leer.

Die letzten Arbeiten stehen an. Abräumen im Gemüsebeet, umgraben, das Laub fällt, letzter Rasenschnitt. Winterschutz an den Rosen anbringen.

Ein letzter prüfender Gang durch sein Reich – Feierabend ...!

Sehnsüchtig steht er am Fenster. Die ersten Herbststürme ziehen durchs Land. Regen klopft an die Scheiben. Bald sitzt er vor dem warmen Ofen, müde, aber zufrieden und träumt. ...

Natürlich habe ich im Teil 2 ein wenig übertrieben, oder doch nicht?

Die Wetterkapriolen habe ich nur halb ausgeschöpft. Den „Hagel", mit Körnern so groß wie ein Golfball, der die Bäume kahl macht und eine gesamte Ernte vernichten kann, ließ ich in der Schublade (das wär nun doch zu brutal gewesen). Wolkenbruchartige Regenschauer fanden keine Berücksichtigung. So manche Plage, wie Rosenrost, Sternrußtau, Engerlinge, Grauschimmel, Erdraupen, Braunfäule, Knollenfäule, habe ich unterschlagen. Auch bei dem „Blick über den Gartenzaun", der die folgenden Düngungen beeinflusst, habe ich ein Auge zugedrückt.

Doch voll Sehnsucht, voll Ungeduld, werden beide wieder, wie jedes Jahr im Winter, den neuen Frühling und damit das nächste Gartenjahr herbeisehnen.

So nach Goethes Osterspaziergang! ...
Wenn ...

Vom Eise befreit sind Strom und Bäche
Durch des Frühlings holden, belebenden Blick;
Im Tale grünet Hoffnungsglück;
Der alte Winter, in seiner Schwäche,
Zog sich in raue Berge zurück. ...

Nebel

Der Mond ist aufgegangen,
Die goldnen Sternlein prangen
Am Himmel hell und klar;
Der Wald steht schwarz und schweiget,
Und aus den Wiesen steiget
Der weiße Nebel wunderbar.

Mein lieber Mathias Claudius! – Was ist hier „wunderbar"??? Und aus den Wiesen steiget der weiße Nebel ... nichts ist hier wunderbar! – Wohl nur der Reim.

Bereits Ende Oktober beginnt er jedes Jahr zu steigen, der weiße Nebel, und er steigt und steigt und legt sich zäh und schwer über das Tal. Verdeckt wochenlang den darüberliegenden blauen, wolkenlosen Himmel, an dem die schwächelnde Sonne nicht mehr die Kraft findet, diese dichte, alles erstickende Dunstdecke zu durchbrechen. Wochenlang Nebel, nichts als Nebel und dabei das Wissen, oberhalb lacht die Sonne.

Selig, die in höheren Lagen wohnen, auf den Wolken schweben.

November, Dezember – Nebel, nichts als Nebel. Weihnachten – Nebel. Wo steht der Stern von Bethlehem?

Aus dem Antlitz der leidenden Menschheit verschwindet schnell die mit viel Bereitschaft, Geduld und Ausdauer im vergangenen Sommer angeschaffte Sonnenbräune. Blässe legt sich über ihre verhärmten Gesichter. Die Augenhöhlen vertiefen sich. Der Blick wird leer, wird teilnahmslos. Psychosen beginnen zu wachsen, Neurosen, Hysterien, Depressionen. Der Todestrieb, eine Erfindung von Sigmund Freud, treibt seine ersten Knospen.

Die Wartezimmer der Ärzte strotzen vor Überfüllung. Man wühlt sich gezwungener Maßen durch die aufliegenden Illustrierten, stopft sich voll mit allem was man wissen muss. In den Apotheken herrscht Hochkonjunktur. Die Grippe schleicht von Tür zu Tür.

Sogar die Autofahrer vermindern, oh Wunder, den ständigen Druck auf das Gaspedal.

Gnadenlos treibt der ekelhafte Nebel mit uns seine Scherze. Lässt er uns zur Mittagszeit den Stand der Sonne erahnen, um damit ein wenig Hoffnung auf einige Stunden Licht zu erwecken, erstickt er die aufkeimende Vorfreude mit einem „Ätsch das war's" sofort wieder mit dichtem Nebel.

Im Kreislauf der Natur ist er nur ein Abfallprodukt, ohne geringsten Nutzen, ohne eine Aufgabe zu erfüllen.

Wirtschaftlich bringt er ebenso wenig Nutzen, sieht man von der Autoindustrie und dem Gesundheitswesen ab.

Nur um Mathias Claudius in seinem Gedicht zu einem Reim zu verhelfen – dafür denke ich, ist der Aufwand denn doch zu gewaltig.

Seine Daseinsberechtigung erfüllt wohl einzig und allein seine Bedeutung als Gesprächsstoff. Hier scheint er am richtigen Platz zu sein.

Über den Nebel zu schimpfen ist zwar nicht sehr originell, doch praktisch und bequem.

Praktisch: Man kann all seine Beschwerden und Krankheiten, die man dem geduldigen Zuhörer unter die Nase reibt, mit dem Nebel in Verbindung bringen.

Bequem: Man hat sofort ein Gesprächsthema, über das man sich so richtig ausschimpfen kann. Und man braucht nicht lügen. Wetter ist der einzige Gesprächsstoff über den keine Lügen verbreitet werden. Mit Ausnahme der Urlauber, wenn sie wieder zu Hause sind. Schlechtes Urlaubswetter kann man sich seinen Bekannten gegenüber unmöglich leisten.

So, nun wäre alles gesagt, über den Nebel, nichts fällt mir mehr ein, kein ordentlicher Schluss. Der Nebel benebelt mich.

Ach was ... ich höre einfach auf ... wer soll mich daran hindern? Freiheit des Geistes! (Im „dichten" Nebel.)

Kleines Strafgericht

Am Eingang zum Vorort des Himmels, nach der ersten Rechtskurve, steht ein uraltes Gebäude im romanischen Stil über dessen Eingangsportal eine marmorne Justitia thront. Darunter belehrt ein Spruch in gotischer Schrift: „Üb immer Treu und Redlichkeit!". Seit ewiger Zeit waltet darin das Göttliche Gericht, um über Verfehlungen gegen die Himmlischen Gesetze zu verhandeln. Über kleine Verstöße, die auch im Himmel ihren Nährboden finden, wenn so manch einer, müde des ewigen Lustwandelns in Himmlischen Gefilden, ein wenig über die Stränge schlägt.

Mordfälle gibt es hier nicht. Ein Wegräumen wäre sinnlos, da der Ermordete unweigerlich wieder im Himmel landen würde.

Ebenso wenig gibt es Anwälte zur Verteidigung der Straftäter, die bei Prozessen auf Erden immer ihren großen Auftritt haben und durch Kniffe und Verdrehungen Unrecht zu Recht machen. Jeder der hier Geladenen kennt seine Schuld, ist sich seiner Verfehlung bewusst, bereut und gelobt Besserung. Keiner will sich den Himmel verscherzen.

Gefängnisse sind hier unbekannt – man ist eben im Himmel.

In dem Gerichtssaal im Erdgeschoss des Gebäudes, einem mittelgroßen, kahlen, renovierungsbedürftigen Raum soll heute über ein ungewöhnliches Vergehen verhandelt werden.

Geladen sind fünf der zwölf Mitarbeiter des Himmelsgewerbes, die seit Bestehen der Enklave Erde dort ihren überaus wichtigen und verantwortungsvollen Dienst verrichten und die, in ihrem Diensteifer, im vergangenen Jahr gegen die Göttlichen Naturgesetze verstoßen hatten.

Man schreibt das Jahr 2005 nach Christi Geburt. Es ist 10 Uhr morgens.

Hinter einem langen, schweren Eichentisch, beladen mit Akten, sitzt das zur Durchführung eines Gerichtsverfahrens benötigte Personal. Zu ihrer Linken der Vertreter der Anklage; eine stämmige, stiernackige Gestalt, bekleidet mit einer im Himmel unmodischen Lederhose, die seine feisten Oberschenkel und die strammen Waden so richtig zur Geltung bringt. Ein zur Selbstdarstellung neigender Mann im besten Alter, der, bereits seit vielen Jahren hier ansässig, mit den Gepflogenheiten bei Gericht bestens vertraut ist und der sich ohne Zögern bereiterklärte, die Anklage seiner ehemaligen Landsleute zu vertreten.

Man merkt es ihm an. Er ist die Hauptperson in diesem Prozess. Sein Aussehen ist Macht, die er in seinem Erdendasein viele Jahre besessen hatte.

Hinter den fünf Angeklagten eine Reihe Stühle, darauf Herren von der Presse, Fotografen und neugieriges Publikum, meist Männer, ebenfalls mit den hier unmodischen Lederhosen bekleidet, sodass man nicht umhin kann, die heutige Verhandlung mit dem Land Bayern in Verbindung zu bringen.

Es ist eine öffentliche Verhandlung.

Der Vorsitzende mit einem dichten weißen Bart im strengen Amtsgesicht – um würdevoll zu erscheinen – nimmt die Anklageschrift zur Hand: „Angeklagt sind die Monate Mai, Juni, Juli, August und September."

Er blickt dabei durch seine amtlich streng objektiven Brillengläser zu den fünf soeben genannten Straftätern, die sich auf einen Wink des Gerichtsdieners von ihren Sitzen erhoben hatten.

Ein wenig trotzig stehen sie vor dem Richter, wie störrische Kinder, die man bei einem verbotenen Spiel ertappt hat. Sportlich, sommerlich gekleidet alle fünf. Der Juli mit einer riesigen Sonnenblume im Knopfloch seines weißen Sakkos. Der Mai prahlt mit einer Rose, was den Juni veranlasst, hämisch zu sticheln: „Angeber! Die Rosen blühen erst während meiner Regierungszeit!"

„Die Anklage beschuldigt die Geladenen", spricht weiter der Vorsitzende, „im vergangenen Jahr willkürlich, ohne sichtbaren Grund gegen die Gesetze der Natur, die seit Tausenden von Jahren ihre Gültigkeit besitzen, in dem von unserem Herrn bevorzugten Lande Bayern verstoßen zu haben.

Kläger sind eine unermesslich große Schar geschädigter bayerischer Erdenbürger, die ihre Unzufriedenheit über die Willkür dieser genannten Monate per SMS an die Himmlische Regierung zum Ausdruck gebracht haben und uns damit zum Handeln zwingen. Allen voran die Spargelbauern nördlich von München." Dabei blickte der Vorsitzende auf den lederbehosten Vertreter der Anklage, um dessen Begründung zu vernehmen, mit der er nicht lange auf sich warten ließ.

Stoßartig, mit vor Zorn blitzenden Augen und steigendem Blutdruck, zu erkennen an seiner zinnoberroten Gesichtsfarbe, und in polternder Stakkatosprache entflohen die Worte aus dem Gehege seiner Zähne: „Gemeine Kälte ... drei Wochen Ernteverlust ... Regen ... Wachstumsstopp ... früher Billigspargel ... Griechischer ... großer ... finanzieller ... Verlust!" Dabei bewegte sich sein halsloser Kopf im Rhythmus seiner anklagenden Worte vor und zurück.

„Die Obstgärtner!", las der Vorsitzende.

Die Lederhose: „Frost … Blütentod … keine Bienen …
keine Bestäubung!"

So ging es weiter, im Wechsel von Beschwerde und Begründung. Biergartenbetreiber, Getränkemärkte, Freilichtveranstalter, Volksfeste, Schwimmbäder, Sommerschlussverkauf – alle die Erdenbewohner, die durch den überaus kalten, verregneten Sommer große finanzielle Einbußen erlitten hatten.

Der Oberste Richter, er trägt einen Talar, um seine Wichtigkeit auszudrücken, mit Zornesfalten auf der Stirne und richterlich blickenden Augen, richtet das Wort an die Angeklagten: „Vergewaltigung von Jahrtausende alten Prinzipien und Maßstäben, die das Leben der Erdbewohner bestimmen! Verhöhnung von Kultur und Brauchtum! Was treibt euch zu diesen Kapriolen, zu diesen Entgleisungen? Weshalb dieser kindliche Schabernack, der so viele arme Erdenbürger in Existentnot treibt?"

Der September sieht den August an, der August den Juli, der Juli den Juni, der wiederum sieht den Mai an, so als ob jeder die Schuld auf seinen Vorgänger schieben wollte.

Der Richter, der dem Wechselspiel der Blicke gefolgt war, wendet sich an den Mai. „Am 21. März beginnt bereits der Frühling. Du als der Fruchtbarkeitsmonat, das Licht, die Hoffnung, dem ein Dichter dort unten den Vers gewidmet: ‚Dieser Monat ist ein Kuss, den der Himmel hat der Erde geschenkt'. Die Kinder auf Erden lobpreisen dich in ihren Liedern: ‚Der Mai ist gekommen', ‚Grüß Gott du schöner Maien', ‚Komm lieber Mai und mache' – um nur einige dieser lieblichen Gesänge zu nennen.

St. Pankrats, St. Servats und St. Bonifats opferten für deinen Freudenmonat ihre stolzen Namen, ließen sich als Garant für letzten Frost als die ‚Drei Eisheiligen' in die Naturgesetze einbinden. Und leider, was unsere drei beliebten Heiligen mit tiefer Wehmut erfüllt, lässt sich darauf hin kein neuer Erdenbürger mehr mit ihren ehrlichen Namen verewigen.

Was bewegt dich, diese Normen zu ignorieren? Mit Schnee, mit Frost, mit übermäßigem Regen, mit Temperaturstürzen und Frost bis in den Juli hinein?

Es mag ja noch verzeihlich sein, wenn du während den Bittgängen der Gläubigen Gewitter und Platzregen spendest. Doch nach dem ‚Herr beschütze unsere Fluren und Felder' am folgenden Tag mit Hagelkörnern, so groß wie Hühnereier, zu antworten, das grenzt schon an Blasphemie!"

Der so streng getadelte Mai blickte trotzig seinem Richter in die Augen: „Ich musste erst aufarbeiten was der schlampige April versäumte", meinte er kleinlaut. Er merkte sofort dass diese Schuldzuweisung an seinen Kollegen geschmacklos war. Dem zufolge rechtfertigte er sich mit aktuellen Erdenproblemen: „Euer Gnaden! Wir Monate spüren mit Wehmut und großer Sorge die Veränderungen, die das Menschenvolk erfasst haben. Sie dauern uns, wie sie gewissenlos die Natur ausbeuten und vergewaltigen, um Macht und Reichtum zu erlangen. Ein extremer Werteverfall frisst sich wie eine Pest durch das ganze Erdenvolk.

Die Lieder, die Euer Gnaden noch in Erinnerung geblieben, singen die Kinder schon längst nicht mehr. Nicht einmal in den Schulen werden sie gelernt.

Ein Zeichen wollten wir setzen mit unseren Eskapaden. Eine Warnung in ihre vernebelten Köpfe legen, um die Stärke, die Überlegenheit der Natur zu zeigen.

Darf ich an die schrecklichen Plagen erinnern, die einst der ‚Herr' vor Tausenden von Jahren in Ägypten über den Pharao und sein Land sandte. Dagegen sind unsere kleinen Entgleisungen weit harmloserer Natur."

Der Richter erwiderte: „Spielt ihr Richter über das Volk? Ihr seid nicht das Gesetz, nicht Verbesserer der Welt. Mein Richterstuhl ist nicht dazu da, diese Untaten zur Rechenschaft zu ziehen. Das ist einzig und allein die Aufgabe des Jüngsten Gerichts. Wir sind hier nur ein kleines Strafgericht, das die Verfehlungen unserer Einwohner und unseres Erdenpersonals verhandelt und zur Bestrafung bringt."

Darauf blickte er den verängstigten Juni an: „Unverantwortliche Kälte ... nichts als Regen ... extreme Temperaturen."

Sein strafender Blick erschreckte den Juli, August und September. „Verwaiste Biergärten, das Lebenselixier dieses Volkes ... verwässerte Freiluftveranstaltungen ... Kulturschändung ... Hochwasser!!! Die armen Menschen dauern mich."

Die Lederhose mit erhobenem Zeigefinger: „Euer Gnaden! Das ... O ... Oktoberfest ...!"

„Ja, richtig!", zürnte der Oberste. „Das schönste Fest der Welt – bei 10 Grad und Regen, eine volle Woche."

„Juli! Weshalb lenkst du deinen Blitz in die Scheune des Huber Wirt, von dem eine Glockenspende für die Kirche zu Buche steht? Geschmacklos ... unverzeihlich, so verlieren wir unsere letzten Gläubigen."

Seine Mundfalte zog sich ein wenig in die Breite, sodass ein Lächeln zustande kam. Humor blitzte aus seinen weisen Augen. „Mit etwas Wohlwollen könnte man es sogar als ‚Gute Tat‘ auslegen, denkt man an die großzügige Freibierspende nach getaner Arbeit für die wackere Feuerwehr."

Als ob seine letzte Bemerkung ihn an etwas erinnert hätte, blickte er dabei auf seine Uhr und er sah, dass der Zeiger bereits kurz vor Zwölf zeigte.

Er hatte es plötzlich eilig.

Durch das offene Fenster drangen angenehme Düfte vom nebenan liegenden Restaurant in den Gerichtssaal.

„Im Namen des Herrn!" – Alle erhoben sich von ihren Sitzen.

„Das Gericht betrachtet eure Verfehlungen nicht als ein Verbrechen gegen die Menschlichkeit. Ebenso wenig als ein Warnsignal an das bayerische Volk, wie ihr es dem Gericht glaubhaft machen wolltet, obwohl ein kleiner Denkzettel zur rechten Zeit durchaus sinnvoll erscheinen würde.

Eure Untaten sehen wir als unüberlegten Unfug aus purer Langeweile.

Das Gericht verlangt Wiedergutmachung!

Kraft eures Namens sollt ihr in den nächsten drei Jahren einen wahrhaft himmlischen Frühlings- und Sommerzauber über das liebliche Bayernland legen, sodass das verstörte Volk Glaubens sei, es lebe bereits im Himmel.

Der Mai vergesse den Frost, er erfreue die Herzen mit Sonne, mit Wärme, mit Blüten und Blumen in einer nie gesehenen Pracht. Der Juni bringe den Regen bei Nacht und viel Sonne am Tag. Der Juli, August und September fülle die Biergärten sowie die Schwimmbäder – vergesst Blitz und Donner, lasst reifen die Saat, schmückt die Bäume mit köstlichen Früchten. So seien euch vergeben all eure Verfehlungen bis zum Jüngsten Tag."

„Gehet hin in Frieden …!"

Die Liedertafel

Es gibt eine Unmenge Vereine in unserer Stadt, mit einer jährlichen Wachstumsrate, die unser schwächelndes Wirtschaftswachstum bei weitem übertrifft. So ziemlich jede Gastwirtschaft beherbergt einen Schützenverein. Das sind die, die täglich die Lokalseiten der Tageszeitung belegen. Sofort erkenntlich an einem Wurstring, den ein Schütze als Halskette trägt.

Eine große Anzahl von Sportvereinen, wie die Sulzbacher Radlstrampler, Angelsportverein, Billard, Segelflieger, bis zum Automobil-Club. Sie dienen alle der Körperertüchtigung.

Dann gibt es noch, unter vielen anderen, den Brieftaubenverein, der sich, durch den derzeit hohen Stellenabbau bei der Post, wieder großer Beliebtheit erfreut. Die Goaßlschnoizer, der Freundeskreis der Hl. Hildegard von Bingen, natürlich darf auch ein Krieger- und Veteranenverein nicht fehlen, und ein Pfeifen-Club.

Ich denke damit sind die Tabakpfeifen gemeint.

Sowie einen Kaninchenzuchtverein mit einer eigenen Fahne. Ich weiß das, weil die einzige Tätigkeit dieses Vereins darin zu bestehen scheint, jedes Jahr am Fronleichnamstag mit einem Fahnenträger nebst Begleiter an der Prozession teilzunehmen.

Ja, und dann gibt es die Liedertafel, einen der größten, ältesten und traditionsreichsten Vereine unserer Stadt.

Und von diesem Verein möchte ich ein klein wenig erzählen.

Beginnend in der Zeit, als das Leben nach dem Zweiten Weltkrieg neu begann. Als das zerstörte Land wieder etwas gesäubert, Schutt, Asche und Größenwahn beseitigt waren. Als die Toten gezählt waren – 233 Mann Blutzoll in unserer Stadt.

Als die Sperrstunde – von 6 Uhr abends bis 7 Uhr morgens – die uns die Besatzungsmacht auferlegt hatte, der Vergangenheit angehörte sowie die Geschicke der Stadt wieder in städtische Hände gelegt wurden.
Somit konnte auch das Vereinsleben seinen Neubeginn vollziehen.
Die, welche davongekommen waren und die nachrückende Generation hatten eine Vielzahl von verlorenen Jahren nachzuholen.
Sie entdeckten von Neuem das Leben.
Die Scheuklappen hatte man abgelegt. Nach zwölfjähriger Schweigezeit durfte wieder der Mund aufgemacht werden. Sogar vermeintliches Unrecht konnte man wieder hinausbrüllen – nur hörte es jetzt keiner, leider, und das ist bis heute so geblieben.

So begann auch die Liedertafel – ein kultureller Verein, wie bereits vermerkt – und dazu einer der beliebtesten in unserer Stadt (ich schreibe das so, weil ich Jahre später selbst Mitglied darin werden sollte) am 1.1.1947 wieder mit ihren allwöchentlichen Donnerstagabend-Chorproben, die im Nebenzimmer der Brauerei-Gastwirtschaft Amberger am Hauptplatz, heutige Raiffeisenbank, abgehalten wurden.
Max Weinberger, der bereits vor Kriegsbeginn Leiter des Chores gewesen war und der seinen Kriegseinsatz heil überstanden hatte, begann mit sangesfreudigen Männern und Frauen einen Neuanfang.
Nach „SA marschiert" erklang nun wieder aus verheißungsvollen deutschen Kehlen „Das Wandern ist des Müllers Lust".

Sieben Jahre später, nachdem wir das Mannesalter erreicht hatten, traf ich mich mit Rudi und Sepp an einem Donnerstagabend in diesem Probelokal, um mal etwas „reinzuschnuppern", wie wir beschlossen hatten.

Bei uns Jugendlichen hatte dieser Verein der Liedertafel bis dato den Ruf eines Gesellschaftstreffens der Honoratioren unserer Stadt, mit Geschäftsleuten, Lehrern, Direktoren und dergleichen.

Also, wir waren etwas skeptisch, wie sollten wir da heimisch werden?

Die Überredungskünste eines Bekannten hatten aber unsere Neugier geweckt. „Schaut's doch mal rein", meinte er, „wir suchen junge Sänger. Es wird euch bestimmt gefallen, die Lehrer sind privat ganz nette Menschen."

Und wir schauten ...

So standen wir, wie gesagt, an einem Donnerstagabend, mit weißem Hemd, mit Sakko und Krawatte rausgeputzt – ohne wäre undenkbar gewesen, Deutschland hatte noch Kultur – in dem Nebenzimmer beim Amberger.

Da saßen sie nun, diese Stadtgrößen, uns allen wohlbekannt. In einer Kleinstadt ist das so üblich.

Der Lehrer Streidl, den wir in der vierten Klasse hatten. Der Lehrer Huber, Lehrer Lang, Hauptlehrer Brückl, zugleich Vorstand des Vereins, Geschäftsleute, ein Braumeister, Beamte und Frauen; bis auf einige Ausnahmen in sehr reifen Alter.

Nun kam der erste Annäherungsversuch, verursacht durch den Schuhgeschäftsbesitzer vom Hofberg, der uns als „Sommer-Datsch" sehr wohl bekannt war.

„Geht's her Buam!", winkte er uns zu.

Und wir Buam gingen hin und setzten uns auf die uns angebotenen Stühle.

Sofort bestellte er bei der Kellnerin, für jeden von uns, auf seine Kosten eine frische Maß Bier.

Ja, so begann unser Vereinsleben bei der Liedertafel.

Bald merkten wir, dass diese sogenannten Honoratioren eigentlich ganz normale Menschen waren. Man kam sich näher, wir sorgten für weiteres junges Blut. Hübsche Mädchen kamen.

Gesungen wurde natürlich auch. Max Weinberger verlangte schon etwas, bis 10 Uhr war intensive Probe. Anschließend wurden Überstunden gemacht und man verlegte den Trennungsschmerz in die Morgenstunden.

Für 1 Uhr war zur damaligen Zeit die Polizeistunde festgesetzt.

Zehn Minuten später erschienen in unserem Probenraum jeweils die Hüter des Gesetzes. Zwei Mann der damals blau uniformierten Stadtpolizei. Die Polizei war nicht dumm, sie kamen zu zweit.

„Na, meine Damen, meine Herren, Polizeistund is, trink ma schee langsam aus", hörten wir aus ihrem Munde.

Dann setzten sie sich in die bereits leere Gaststube und unsere Wirtin, die Amberger Amalie, stellte jedem eine Brotzeit und eine halbe Bier auf den Tisch.

Als dann Polizei und wir, schee langsam, unsere Gläser geleert hatten, gingen Polizei und Sänger gemeinsam aus dem Haus. Hinter uns schloss die Wirtin das Lokal und drehte das Licht aus.

Das Gesellige, das Fundament eines jeden Vereins, wurde bei der Liedertafel sehr hoch gehalten.

Weihnachtsfeier mit Packerlkneipe. Im Fasching der Schwarz-Weiß-Ball beim Bortenschlager, die maskierte Probe im Vereinslokal. Der Vereinsausflug im Sommer.

Wir sangen Geburtstagsständchen bei passiven Mitgliedern oder pensionierten Sängern. Wie zum Beispiel beim Hipp Georg, der uns daraufhin zu einem Umtrunk in das Kaffee Hipp einlud, um dort auf sein Wohl zu trinken, was wir gerne taten.

Wir sangen beim Uhrmacher Herzinger, zu seinem 90. Geburtstag, in der Scheyererstraße, der freudig bewegt unserem Ständchen lauschte, obwohl er taub war.

Nach den Proben wurden Geburtstage begossen, auf Kosten des Jubilars.

Der Sommer-Datsch erfreute uns alljährlich, als Dank für unsere Wünsche, mit seinem Lieblingslied „Im tiefen Keller". Bei dem tiefen „F" am Schluss glaubte man jedes Mal seine Tuba zu hören, die er in der Stadtkapelle spielte.

Wir probten eifrig und intensiv, für Sängertreffen, für Chorkonzerte. Große Werke kamen zur Aufführung: „Die vier Jahreszeiten" in der Turnhalle der Josef Maria Lutz-Schule, „Die Schöpfung" in der Stadtpfarrkirche, um nur einige zu nennen.

Doch ich glaube, ich erzähle lieber wieder von den Stunden nach der Probe.

Wir musizierten weiter, das Klavier stand im Raum. Der Zeitler Wolfi spielte seine zwei Lieder, mehr beherrschte er nicht. Die Traudl hämmerte die Tasten, wir sangen dazu, wir tanzten ...

Je später der Abend desto lustiger wurde unser Chormeister Max Weinberger. In einem Heiterkeitsausbruch steckte er seine Rechte in eine volle Maß Bier und besprengte damit seine Tischgenossen.

Das wiederum brachte die Schwester des Vorstands, das Fräulein Brückl, oder die Brückl Kath, wie sie genannt wurde, eine alte, große, knochige Gestalt, mit einem strengen Schulmeisterblick, derart in Rage, dass sie den guten Max zwei Minuten lang mit Verachtung strafte.

Und der Bucher Ossi wusste nach dem sechsten Glas Wein nicht mehr so recht, was für ein Mädchen er zuerst abtatscheln wollte. Der Maier Rudl meinte um diese Zeit: „Dauernd aus einem leeren Glas zu trinken, ermüdet sehr", und ließ sich nachschenken. Der Zeitler Wolfi erzählte bereits zum dritten Mal seine neuesten alten Witze. War man dann bereit, den Abend zu beschließen, bestellte sich der Simet Karl zu später Stunde noch seine obligatorische Tasse Kaffee mit Cognac.

So in etwa sahen unsere damaligen verlängerten Probeabende aus. Halt ...! Es ist noch nicht zu Ende.

Natürlich begleiteten wir nach diesen anstrengenden Stunden unsere noch so jungen Sangesschwestern zu Fuß nach Hause. Wir waren schließlich Kavaliere.

Irgendwie musste ich mich in diesem Verein ordentlich und nützlich aufgeführt haben, denn in kürzester Zeit wählte man mich in die Vorstandschaft.

Als „Tafelmeister", so stand es in der längst überholungsbedürftigen Satzung.

Meine einzige Tätigkeit als Tafelmeister bestand darin, beim traditionellen Liedertafelball im Bortenschlagersaal, der von der Vorstandschaft alljährlich neu gewählten Ballkönigin vor ihrem Eröffnungswalzer einen Blumenstrauß zu überreichen.

Tanzen durfte dann mit unserer Königin der damalige zweite Chormeister, der Steiner Alois, da der erste Vorstand Nichttänzer war, der zweite Vorstand, der Welter Karl, seinen Kriegseinsatz mit einem Bein bezahlen musste und der erste Chormeister zugleich Kapellmeister dieses Balles war.

Bei der nächsten Wahl, alle zwei Jahre wurde gewählt, wurde ich zweiter Liederwart.

Meine Tätigkeit war daraufhin, bei jeder Probe die Noten auszuteilen, die mir der erste Liederwart in die Hände drückte, nachdem er den Notenschrank mit seinem Schlüssel geöffnet hatte, sie stimmgemäß zu verteilen und nach der Probe dieselben, wieder sortiert, dem ersten Liederwart zur Verwahrung zu übergeben.

Bei der nächsten Wahl bekam ich den Schlüssel. Ich wurde erster Liederwart.

Doch dieser Aufstieg reichte noch nicht für den Eröffnungswalzer. Ich blieb der „Rosenkavalier", nachdem die Stelle des Tafelmeisters nicht mehr besetzt wurde.

Der Liedertafel Schwarz-Weiß-Ball im Fasching galt alljährlich als das gesellschaftliche Großereignis in unserer Stadt.

Die Vorfreude auf diesen Ball fing bei den Herren der Schöpfung schon Wochen vorher an, wenn ihre Holde flötete: „Ich habe nichts anzuziehen." Das ist weibliche Intuition, da kann ein liebender Ehemann schwerlich dagegenhalten.

Er versucht es trotzdem: „Wir haben doch erst letztes Jahr ein neues, ein sehr schönes Ballkleid gekauft!"

„Ich kann doch heuer nicht wieder das selbe anziehen!"

„Es weiß doch keiner mehr, was du beim letzten Ball getragen hast."

„Da kennst du die Frauen schlecht! Ich weiß noch von jeder wie sie gekleidet war und überhaupt, das Kleid vom letzten Jahr ist in der Hüfte so eng geworden. Wie soll ich damit tanzen? Ich habe da neulich ein schickes Kleid ..."

„Kommt nicht in Frage und damit Basta!"

Hören wir lieber nicht mehr länger zu.

Sie bekam natürlich das Kleid, das sie da neulich ...

Für die Geschäftsleute und die anderen Größen der Stadt, war dieser Liedertafelball auch ein beliebter Anlass, ihre heranwachsenden Töchter erstmals in einem Ballkleid auszuführen und für die Töchter, nicht minder aufregend, ihre erst erlernten Tanzschritte auf einem großen Ball zu zeigen.

Unser Vorstand, Josef Brückl, wollte, dass diese jungen Eleven auch zum Tanzen aufgefordert werden.

Und dazu hatte er uns junge Sänger auserkoren.

Trotzdem wir nicht ohne weibliche Begleitung waren, dirigierte er, wie ein Zeremonienmeister, mit Blickkontakt und Zeigefinger zu unserem Tisch, mit wem wir just zu tanzen hatten.

Und „hoids ma a mei Schwester", hörten wir bereits vor Beginn des Balles.

Mit dem Fräulein Schwester zu tanzen, das war so eine Sache.

Aber wir hatten ja den Weinzierl Hans am Tisch, der dafür vorgesehen war, bei derlei Befehlsbitten in die Bresche zu springen.

Obwohl nicht gerade groß an Wuchs, sein Kopfende reichte soeben bis zu Katharinas Brust, schaffte er es mit Bravour, diese lange, unbewegliche Walküre zu bewegen, wenn er sie auch zu jeder Drehung vergewaltigen musste.

Nach diesem Ringkampf nahm er sich jedes Mal eine Auszeit, was bei ihm normalerweise ungewöhnlich war.

Für uns Sänger war der Faschingshöhepunkt alljährlich die, traditionsgemäß am Donnerstag nach dem Ball stattfindende, „maskierte Probe" in unserem Vereinslokal – mit Tanz, lustigen Einlagen und verlängerter Sperrstunde.

Hier zeigte sich das Fräulein Brückl von einer ganz anderen Seite. Ihre Sketche, in umwerfend komischer Maskierung, zusammen mit dem Lang Bene und der Arzmiller Else, waren jedes Mal der Höhepunkt dieses Abends.

Die Zeit verging.
Die Monate haben es eilig. Die Jahre haben es eiliger. Und die Jahrzehnte haben es am eiligsten. Nur die Erinnerungen haben Geduld mit uns, schrieb einmal Erich Kästner.

Wir, die wir damals die Jugend waren, sind jetzt die Alten. Neue Jugend drängte zum Verein. Der Jugendtisch in der Liedertafel wurde jedes Jahr aufs Neue jung.

Nach Josef Brückl folgte Karl Welter als Vorsitzender. Alois Steiner übernahm den verwaisten Chormeisterstuhl.
Eine Blütezeit des Vereins begann unter ihrer Führung. Ich möchte diese beiden als Vorbild sehen. Die uneigennützig, ohne sich zu bereichern, Aufgaben übernahmen. Ehrenamtlich nennt man das im Vereinsleben.
Die sich Achtung erworben haben. Mit ihrem Humor das Leben meisterten und damit die Last des Alltags vergessen machten. Ihre Mitmenschen damit angesteckt, ihnen Lebensfreude geschenkt haben.
Eigentlich nichts Großes und doch etwas Besonderes, das sie über den Alltagsmenschen stellt.

Wenn einer Kriege führt, große Schlachten gewinnt und dabei Hunderttausende totschlägt, ganze Völker vernichtet und ausbeutet, ja, dann baut man ihm ein Denkmal, gießt ihn aus Blei und stellt ihn auf einen hohen Sockel, oder formt ihn aus Gips oder Stein, damit er uns immer und ewig in Erinnerung bleibt.

Ich meine, diesen beiden sollte man ein Denkmal setzen.

Nein, nicht schon wieder auf Sockel stellen!

Ich meine, ein Denkmal im Herzen.

Denn gerade das Vereinsleben, ob es nun Sport, Musik oder Kultur ist, ist die Wurzel unserer Gesellschaft und damit unseres Lebens schlechthin.

Etwas über den Hanf
(Eine zeitkritische Betrachtung oder so was ähnliches)

unsere welt
ist ein riesenstadion
auf dem pausenlos
und oft unfair
gespielt wird
wie könnte man
die spielregeln ändern
falls es überhaupt
welche gibt

Nikolaus Berwanger

Es war vor langer langer Zeit, als Gott der Herr noch mit seinen Auserwählten auf Erden Zwiesprache hielt. Wie damals mit Abraham, dem Stammvater der Israeliten, so um das Jahr 2000 nach Erschaffung der Erde. „Geh aus deines Vaters Haus", sprach der Herr. „Nimm dein Gefolge und komme in das Land das ich dir zeigen werde. Zum großen Volke will ich dich machen und in dir sollen gesegnet werden alle Geschlechter der Erde."

Nach langer, mühevoller, entbehrungsreicher Wanderschaft führte er sie in das Land Kanaan, in das anmutige und fruchtbare Tal Mambre.

Und der Herr sprach: „Hier werdet ihr eure Zelte aufschlagen. Dieses Land wird euch ernähren und euch alles geben, was ihr durch euer Hände Fleiß erschaffen werdet, so lange ihr lebt." Alsdann führte er Abraham zu einem Feld, auf dem zahllose drei bis vier Meter hochgewachsene Pflanzen in voller Blüte standen.

Und der Herr sprach: „Hier schenke ich euch etwas ganz besonderes. Diese Pflanze, mit dem Namen ‚Cannabis sativa‘, die für tausenderlei Bedürfnisse, vom Stängel bis zum Samen genutzt werden kann, soll euer treuer Begleiter werden. Es ist das Köstlichste und Wertvollste was auf dieser Erde wächst. Vermehret sie und verteilt sie an alle Völker, damit alle, die nach euch kommen werden, diese segenreiche Gabe zu ihrem Gebrauche verwenden können."

Und das Volk Abrahams lernte diese Pflanze nutzbringend anzuwenden.

Sie fertigten aus den Langfasern den Stoff für ihre Kleidung, machten daraus Schuhe, Seile, Netze, Säcke, Teppiche und die Planen für ihre Zelte. Sie fertigten Segel für die Boote, damit sie der Wind über den See treibt. Aus den Samen pressten sie vorzügliches Öl für die Zubereitung ihrer Speisen. Sie machten daraus Seifen, Reinigungsmittel und Schmiermittel für die Räder ihrer Karren und noch vieles mehr.

Trotz der paradiesischen Zustände, in denen sie nun, Dank dieser wundersamen Pflanze leben konnten, fühlte Abraham ein tiefes Leid darüber, dass er trotz allem Bemühen immer noch ohne Nachwuchs war.

Deshalb sprach er eines Tages wehmütig zum Herrn: „Siehe, ich wandle ohne Kinder und ein Knecht wird einst mein Erbe sein."

Und der gütige Herr sprach: „Sara, dein Weib, wird dir einen Sohn gebären. Pflücke die Blüten der wunderbaren Pflanze, die ich dir einst gezeigt habe und bereite daraus einen Tee, den dein Weib bis zum nächsten Vollmond zweimal täglich, morgens und abends trinken soll."

Und es geschah, wie der Herr es verheißen. Sara, sein Weib, schenkte ihm einen Sohn, den er „Isaak" nannte. Isaak wurde Stammvater zahlreicher Völker. Die sich wiederum weiter und weiter vermehrten und die Hanfpflanze ward allen ein ständiger Begleiter, aus ihrem Leben nicht mehr wegzudenken.

Nachfolgende Generationen entdeckten weitere Nutzungsmöglichkeiten dieser einzigartigen Kulturpflanze. Sie produzierten daraus Margarine, Pflegemittel, Shampoos, Massageöle, Ölfarben, Spielwaren, Matratzen, Brems- und Kupplungsbeläge, Baumaterialien, Hohlraumziegel, um nur Einige zu nennen. Ferner Vogelfutter, Hanfmehl als Kraftfutter für Tiere und Bio-Diesel als Treibstoff.

Der Hanf zählt zu den höchst entwickelten Pflanzen dieser Erde, er nutzt die Sonnenenergie effektiver als viele andere Pflanzen. Der Hanfsamen besitzt die acht essentiellsten Aminosäuren, was bedeutet, dass er in der Rangliste der gehaltreichsten Früchte nur von der Sojabohne übertroffen wird. Er gedeiht in fast allen Klimazonen, auf fast allen Böden, ist gegen Schädlinge weitgehend resistent und deshalb kann auf jegliche chemische Düngung verzichtet werden.

In allen Ländern der Erde wurde ein Großteil der Textilien aus Hanffasern gewonnen. Die ersten Jeans von Levi Strauß gehörten dazu.

Unter der Herrschaft des Nationalsozialismus hieß es in Deutschland: „Jede Saat in Hanfes Feld, bringt reiche Ernte, reiches Geld" oder „Wer Hanf heut baut mit fleißiger Hand, hilft sich und dem Vaterland."

Während des Zweiten Weltkriegs förderten die USA permanent den Hanfanbau für Treibstoff und für extrem strapazierfähigen Stoff, der hautverträglicher, reißfester und umweltfreundlicher war als Baumwolle. Aus dem Abfall erzeugten sie noch zusätzlich ihren Sprengstoff.

Aber dann hatte der Hanf die Frechheit, auch in der Arzneimittelbranche seinen Siegeszug anzutreten, zum

Beispiel zur Linderung und Heilung von Herpes, von bestimmten Frauenleiden, Magenbeschwerden, für spastisch Gelähmte, bei multipler Sklerose, bei Patienten die sich einer Chemotherapie unterziehen mussten; sie konnten danach ohne zusätzliche Medikamente behandelt werden. Weiter entdeckte man bei Aidskranken, dass sie unter deutlich weniger Symptomen leiden, wenn sie Haschisch rauchen. Haschisch, Marihuana, ist, in seiner natürlichen Form, die sicherste therapeutische Substanz, die der Menschheit bekannt ist.

Da wurden natürlich unsere großen Chemiekonzerne bitterböse.

Und dann wollte dieses „Teufelskraut" auch noch in der Papierherstellung neue Maßstäbe setzen, nachdem in einer wissenschaftlichen Studie belegt wurde, dass es mithilfe neuer Erntetechniken möglich ist, aus einem Hektar Hanf dieselbe Papiermenge herzustellen, wie aus 4,1 Hektar Wald – ausgehend von einem achtzigjährigen Baumbestand und einem einjährigen Hanffeld.

Jetzt war das Maß endgültig voll, das war das Todesurteil. Was erlaubt sich denn dieses Unkraut ...?

Die Chemiebosse, die Baumwollindustrie und vor allem die großen Holzpapierfabrikanten in den USA mussten handeln, sie fühlten sich von diesem Wunderkraut bedroht.

Vertreten in allen wichtigen Ämtern ihres Landes und in führenden Positionen, ernannten sie kurzfristig einen aus ihrer Mitte zum Leiter der staatlichen Rauschgift- und Drogenbehörde. Darauf führte dieser selbsternannte „Retter der Menschheit" einen gnadenlosen und unsauberen Kampf gegen diese, ihre Wirtschaft schädigende Pflanze. Er versuchte nun, das Kraut auf schnellstem Weg in die „Betäubungsmittelschublade" abzuschieben.

Durch eine üble Maffia-Methode, die „TaxAct-Steuer", verdrängte er die vielen kleinen Hanfanbaubetriebe. Mittels manipulierter Propagandafilme über Ausschreitungen nach Cannabiskonsum rechtfertigte er diese Steuer. Später wurde dieses Material komplett als gefälscht entlarvt.

Nach dieser, mit allen Mitteln erkauften Hetzkampagne, fällt die Pflanze, als Opium degradiert, immer noch unter das Verbot durch das Betäubungsmittelgesetz und man bekommt sie da nicht wieder heraus. Denn, wer will schon eine Pflanze die tausend Verwendungsmöglichkeiten hat? Jedenfalls keiner von der Konkurrenzindustrie. Und diese Industrie hat eben die Macht, das Geld und dadurch auch die hohe Politik in ihrer Hand, die das Drogenimage dieser Pflanze, trotz wissenschaftlicher Widerlegung der Vorurteile, mit einem Millionenaufwand aufrecht erhält.

Das Drogenproblem ist ein rein selbst geschaffenes Problem unserer Gesellschaft, in gleichem Maße wie im christlichen Abendland das Hexenproblem.

Wir wissen, für das Hanfverbot sind rein wirtschaftliche Interessen ausschlaggebend. Laut dem deutschen Ärzteblatt gibt es keine medizinische Begründung für ein Cannabisverbot.

Es gibt wichtigere Probleme.

Denkt man an die Vielzahl der Alkoholiker, ihre Leiden, die Auswüchse im Rauschzustand. Schaut man sich die Besoffenen an, die bei Volksveranstaltungen, wie zum Beispiel beim Oktoberfest, allabendlich aus den Bierzelten torkeln. Zur Ausnüchterung steckt man sie in eine Zelle und lässt sie am nächsten Morgen wieder laufen.

Aber Alkohol bringt mächtig Steuergelder, deshalb muss er getrunken werden.

Denkt man an die Tabaksüchtigen. Schon seit langem ist bekannt, dass Rauchen Sucht und Krankheit verursacht. Lungenkrebs, Raucherbein ...

Allein in Deutschland sterben täglich 300 Menschen an den Folgen des Rauchens.

Aber Tabak bringt mächtig Steuergelder, deshalb muss er geraucht werden.

Denkt man an die Autofahrer, die jährlich auf unseren Straßen verunglücken. Wer zählt die Toten, die Krüppel, die Querschnittsgelähmten. Aufgrund dieser Zahlen müsste schon längst, zum Schutz unseres Lebens, ein generelles Fahrverbot erlassen werden.

Oder denkt man an die unzählig vielen Fettsüchtigen. Verursacht durch reine Fehlernährung. Bei Masern und Pocken in dieser Anzahl würde man von einer Epidemie sprechen.

Jährlich gibt die Lebensmittelbranche in allen Industrieländern Millionenbeträge für ihre Werbung aus, damit sie ihre „Fettmacher" an den Mann bringt. Hat man dann die Menschheit soweit, wirft die Industrie ihre Vitamintabletten, ihre appetitreduzierenden Präparate und ihre unzähligen Schlankheitskuren auf den Markt.

Ein bekannter Dichter sagte einmal: „In der ersten Hälfte unseres Lebens opfern wir die Gesundheit, um Geld zu erwerben, in der anderen opfern wir Geld um die Gesundheit wieder zu erlangen."

Wenn man all diese Krankmacher, und es gibt deren noch viel mehr, ohne Skrupel, unbehelligt durch den Verbotszoll schleusen kann, dann sollte man beim Hanf zumindest die gleichen Maßstäbe anlegen. Aber wie gesagt, die Gründe sind bekannt.

Sind denn die Tabletten, Tropfen, Zäpfchen aus der Chemieküche, die man problemlos, legal und auf Rezeptschein in allen Apotheken zu kaufen bekommt, etwas anderes als Drogen?

Sigmund Freud nahm drei Jahre lang Kokain in kleinen Dosen zur Linderung seiner Depressionen. Er fühlte dadurch eine Zunahme der Selbstbeherrschung, er fühlte sich lebenskräftig und arbeitsfähiger und verschrieb es dann auch seinen Patienten zur Behandlung von Neurasthenie.

Dieser Bericht oder diese Erzählung, wie man es nimmt, soll keine Verherrlichung von Drogen sein, er tritt nur für eine Gleichstellung des Hanfs mit anderen legalen Mitteln gleicher Wirkung ein. Bei allen Mitteln, die wir als Droge bezeichnen, wie auch bei Alkohol und Tabak, liegt es an der Dosierung, ob sie zum Segen oder zum Fluche werden.

Paracelsus entdeckte bereits vor knapp 500 Jahren, dass jedes Ding Gift ist, allein die Dosis macht es, dass ein Ding kein Gift ist.

Doch wieder zurück zu unserer Wunderpflanze, zum Hanf:

Wird unsere Luft, die wir zum Atmen brauchen, durch die zunehmende Verschmutzung zu gefährlich, ändert man halt das bestehende Gesetz und passt die Grenzwerte der Verschmutzung an. Wozu hat man denn die Politiker? Und das Problem ist gelöst.

Würde auf einem Fünftel der brachliegenden Felder in Europa Hanf angebaut, so könnten daraus 24 Millionen Tonnen Heiz- und Dieselkraftstoff jährlich erzeugt werden, der verbrennt, ohne die Luft zu belasten.

Weiterhin fielen 36 Millionen Tonnen Hanfkuchen an, der direkt als Viehfutter verwendet werden könnte oder man gäbe ihn zur Weiterverarbeitung in die Lebensmittelindustrie. Zusätzlich blieben 4,8 Millionen Tonnen Fasern zur Textilherstellung. Die restlichen 6 Millionen Tonnen Hanfschäben brächte man dann zur Papierherstellung. Der Zellulosegehalt, der bei der Fasergewinnung anfällt, beträgt bei diesem Abfall immerhin noch 77 %. Bei gleicher Anbaufläche erwirtschaftet man mindestens zwei bis dreimal soviel Öl wie beim Rapsanbau.

Damit wäre nun alles gesagt. Jeder vernünftig denkende Mensch kann erahnen, wie wichtig die Wiedereingliederung dieser Kulturpflanze in unsere Wirtschaft wäre.

Aber leider, und das mit Nachdruck, steht die Politik in allen Ländern der Erde unter dem Druck von Wirtschaft und Industrie und ist nur auf ein materialistisches Weltbild ausgerichtet. In Abwendung von den Naturgesetzen vergewaltigen sie die Erde in einem unerträglichen Ausmaß, sodass die nachfolgenden Generationen, unsere Kinder und Kindeskinder ... Schluss damit! Wer denkt schon so weit, ändern wird sich sowieso nichts!

So ist das halt auf unserem Planeten.

Ein Kampf David gegen Goliath ist sinnlos, so lange man die Schleuder nicht beherrscht.

Man könnte sogar mit ruhigem Gewissen unsere jetzigen Politiker auf den Mond schießen. Es würde nichts nützen, die nächsten stehen schon bereit. Sie würden sich mit Sicherheit und mit dem reinsten Vergnügen an der Schießaktion beteiligen. Und dennoch alles so weitermachen wie ihre Vorgänger es taten. ... Amen.

Das Ei

Der Ursprung des Lebens ist das Ei. Als ich klein war, fragte ich meine Mutter, warum das so ist und wie das so ist, mit den Eiern im allgemeinen. Mit den Schneckeneiern, die im Herbst haufenweise unseren Garten zieren, den Vogeleiern, bei denen ich Unwissender meinte, die Amselmama sitzt nur deshalb tagelang auf ihren Eiern, damit sie nicht gestohlen werden. Warum man Hühnereier in die Pfanne schlägt, obwohl daraus niedliche kleine Küken entstehen. Wie kommen die kleinen Kinder zur Welt und so weiter, und so weiter.

„Schau", sagte sie. „Das ist so. Bei den Lebewesen, bei denen sich das befruchtete Ei im Mutterleib zu einem Bildungsplasma dem Embryo und dem zur Ernährung ...

Ach ich weiß es auch nicht!"

Als ich älter und demzufolge weiser geworden war, stellte ich bei meinen Nachforschungen fest, dass nur geflügelte Lebewesen ihren Nachwuchs durch Eier zur Welt bringen und sie ausbrüten. Andere Lebewesen gebären ihre Kinder, so wie auch unsere Mütter, das stellte ich fest.

Wieder andere legen ihre Eier und kümmern sich nicht weiter um sie. Wie die Ameise, die Schlange, der Bandwurm, er legt übrigens 40 bis 60 Millionen Eier im Jahr, und der Karpfen, er bringt es im Jahr auf immerhin 750.000 Eier.

Die Frau, hörte ich, produziert in ihren beiden Eierstöcken 35.000 Eier in ihrer fruchtbaren Zeit. Davon werden 400 ausgestoßen.

Theoretisch könnte also eine Frau 34.600 Kinder zur Welt bringen.

Die Pinguine sind am faulsten, sie ähneln dem Menschen. Sie legen jährlich nur ein Ei.

Man muss sich hier die Frage stellen, weshalb diese unterschiedlichen Fortpflanzungsarten? Ist unserem Schöpfer ein kleines Missgeschick unterlaufen? Sieht man einmal von der Zeugung ab, sie soll ja ganz gut gelungen sein, hört man allgemein mit Zufriedenheit. Doch mit dem Austragen scheint mir eine gewisse Unordnung und Ungleichung aufgetreten zu sein.

Wie wäre es, würden wir Menschen uns, so wie die Vögel und Hühner, mittels eines gelegten Eies vermehren – es könnte ja sein. Der weibliche Organismus und der Mutterleib wären durchaus dafür eingerichtet, so als sei es geplant gewesen. Und ich bin mir dessen sicher, es war von unserem Schöpfer so gedacht.

Liest man im Alten Testament von der Erschaffung der Menschheit, so ist gewiss: Hätte nicht unsere Stammmutter, die lüsterne Eva, vom Baum der Erkenntnis, den Gott dem ersten Menschenpaar verboten hatte, einen Apfel geklaut und dem unglücklichen Adam zum Essen gereicht, so wäre Gottes Bestrafung „In Schmerzen sollst du deine Kinder gebären" niemals ausgesprochen worden.

Dieses Verderbnis der Menschheit machte die ursprüngliche Planung unseres Schöpfers zunichte. In seinem maßlosen Zornesrausch änderte er seine Pläne.

„In Schmerzen sollst du deine Kinder gebären, genauso alle die nach dir kommen werden."

Weil nun die beiden das Verbot missachteten, lässt Gott die gesamte nachkommende Menschheit dafür büßen.

Gerecht finde ich das nicht. Wegen dem einen Apfel, diese drastische weltverändernde Strafe.

Eine Ermahnung hätte meiner Ansicht nach vollauf genügt – mit Bewährung auf drei Jahre.

Im Nachhinein hat Gott diese folgenschwere unüberlegte Bestrafung bestimmt schon bereut. (In meinem Beichtspiegel steht, „Du sollst nicht zornig sein".)

Wäre das Geschehene nicht passiert, so hätte Eva, dessen bin ich sicher, wie unsere Vögel und Hühner nach der üblichen Begattung ihr Ei gelegt.
Sie hätte dann kurz darauf wieder im Büro sitzen können.

Natürlich würde sie es heutzutage nicht selbst ausbrüten. Es gäbe diverse Brutstationen. Man trägt sein Ei dorthin, schreibt seinen Namen darauf und holt das Kleine nach festgelegter Zeit mit einem Kinderwagen wieder ab. Oder schickt es per Eilpost als „verderbliche Ware". Die werdenden Eltern könnten auch, sofern sie es wünschen, in der Anstalt durch ein Sichtfenster zusehen, wie sich ihr Nachwuchs durch die Schale bricht.

Noch ein großer Vorteil ist: Wäre es ungewollt, ließe man das Ei einfach verschwinden, oder man schlägt es in die Pfanne, wie das Hühnerei ... Nein! Kannibalismus – das wollen wir nun natürlich nicht mehr.

Es wäre bei Weitem viel menschlicher als diese unmenschliche Tortur, die unsere tapferen Frauen bei der Entbindung erleiden müssen.

Denkt man an die lange Wachstumszeit. Die Monate, die sie mit geblähtem Bauch herumlaufen müssen. Die vielen Entbehrungen in dieser Zeit. Der Blutverlust, die Schmerzen bei der Geburt.

Nachdem wie gesagt, die Möglichkeit bei unseren Frauen vorhanden wäre, wäre es eine interessante Aufgabe für unsere Wissenschaftler und Forscher, statt genmanipulierte Embryos in den Mutterleib zu pflanzen, zu versuchen, den Urgedanken unseres Schöpfers wieder herzustellen. Eine Kalkschale, oder Ähnliches, zur Umhüllung des Embryos im Mutterleib, damit es als Ei gelegt werden könnte – so in etwa.

Gott lässt sowieso alles geschehen was diese sogenannten Weltverbesserer an unserer Natur zersägen.

So würde er auch hier keine Einwände haben, noch dazu es ja seine eigene geniale Erfindung war und sein Zorn über den geklauten Apfel sich ganz bestimmt schon längst gelegt hat.

An allem war nur Eva schuld

> Die Wissenschaft glaubt, das Geheimnis des Lebens, der Menschwerdung, sei die Bildung einfacher organischer Verbindungen, wie Kohlenwasserstoffe, Aminosäuren u. a. durch Einwirkung der Ultraviolettstrahlung der Sonne, der kosmischen Strahlen, durch Katalyse oder durch elektrische Entladungen in einer geeignet zusammengesetzten Uratmosphäre.

Das wäre also geklärt.
Nun bleibt die Frage: „Was ist eigentlich Sinn und Zweck unseres Erdendaseins?

Weshalb dieser sinnlose Entwicklungsgang jedes Einzelnen, wenn nach einiger Zeit doch alles zu Ende ist?"

Kindheit, Jugend, Lehr- und Lernjahre erfüllen nur den einen Zweck. Sobald man erwachsen ist, Geld zu verdienen und es wieder auszugeben.

In der verbleibenden Zeit muss der Mensch essen, schlafen, zum Arzt, zum Psychiater, zum Physiotherapeuten und zum Zahnarzt gehen. Ein Drittel seiner Lebenszeit verschläft der Mensch, den Büroschlaf gar nicht mitgerechnet.

Einen weiteren Teil seines Lebens verbringt er mit Warten.

Er wartet auf seine Liebste, er wartet am Schalter, er wartet beim Einkaufen bis er drankommt, er wartet an der Kasse, um sein Geld loszuwerden. Er sitzt stundenlang, beim Arzt, beim Zahnarzt. Er wartet auf den Zug, er wartet im Restaurant und er wartet im Büro bis es Feierabend wird.

Also, was bleibt unterm Strich?

Irgendwie scheint mir die Konstruktion Mensch nicht ganz gelungen zu sein, vor allem für die heutige Lebensweise und die heutigen Bedürfnisse nicht mehr ganz zeitgemäß.

Unserem Schöpfer kann man deshalb keinen Vorwurf machen, denn als er sich daranmachte, den Menschen zu konzipieren und zu konstruieren, konnte er nicht ahnen, dass Jahre später der Mensch in seiner Genuss- und Gewinnsucht eine große Anzahl von körperlichen Funktionen und Einrichtungen missachten würde.

Wie konnte er wissen dass der Mensch den Zucker erfindet. Wie sollte er wissen dass der Mensch den Schnaps, die Zigarette, den Schweinebraten und den Leberkäs entdeckt. Wie konnte er ahnen dass er Autos baut und sich nur noch sitzend fortbewegt, stundenlang vor dem Computer und Fernseher sitzt und sich dabei mit Pommes frites vollstopft.

Außerdem hatte er von Mac Donald's keine Ahnung, genauso wenig wie von all den Geschmacksverstärkern, Konservierungsstoffen und den Sahnetorten.

Nein, für eine solche Lebensart hatte er seinen Menschen gewiss nicht erdacht.

Seine Menschkonstruktion, die stolze Erscheinung, der aufrechte Gang, galt ausschließlich für ein Leben im Paradies, denn sonst wäre das Rückgrat des Menschen mit Sicherheit gekrümmt ausgefallen, als Gott sich am sechsten Tag seiner Schöpfung damit beschäftigte.

Am ersten Tag erschuf Gott das Licht, dann folgte am zweiten Tag die Luft. Am dritten Tag machte er sich an das

Wasser und an die Erde mit ihren Gewächsen. Am vierten setzte er die Himmelskörper. Am nächsten Tag entwarf er eine Unmenge Fische und Vögel, da es ihm auf der Erde zu öde und zu still war. Am sechsten Tag erschuf Gott alle Tiere auf Erden, alles Vieh und alles Gewürm sowie die Schlange, die später zum Urheber der menschlichen Tragödie werden sollte.

Von Flöhen, Wanzen und Nacktschnecken steht nichts in der Bibel.

Am selben Tag noch erschuf er nun den Menschen. Die Krone seiner Schöpfung. Aus Lehm formte er das allerschönste und wundersamste Gebilde, das höchste Kunstwerk, den menschlichen Leib. Darauf hauchte er ihm die Seele ein, gab ihm einen Klaps auf den Hintern ... fertig ... ab.

Weil Gott den Menschen, den er Adam nannte und der sein liebstes Geschöpf auf Erden war, recht liebevoll versorgen wollte, hatte er ihm schon vorher ein Paradies hergerichtet. Da standen die herrlichsten Bäume, die im ewigen Frühling nie aufhörten zu blühen und aus dunklem Laub ihre süßesten Früchte darboten. In bunter Farbenpracht erblühten die schönsten Blumen und erfüllten die Luft mit balsamischen Wohlgerüchen. Die lichten Räume widerhallten von den lieblichsten Gesängen buntgefiederter Vögel.

Dorthin führte nun der Herr Adam und übergab ihm alles zu seinem Eigentum.

Gott merkte aber, dass noch etwas fehle. Darauf sprach er: „Es ist nicht gut dass der Mensch allein sei, ich will ihm eine Gehilfin machen.“

Das war nun die Eva.

Sie soll sehr schön gewesen sein, schreibt die Bibel.

Die beiden lustwandelten nun in ihrem Paradies. Hatten eine rosige Zukunft vor sich. Ihre Lebenskraft würde niemals geschwächt, ihre Gesundheit niemals gestört, die Jugend niemals verwelken und der leibliche Tod niemals eintreten.

So war das Erdendasein von unserem Schöpfer erdacht. Und für diese Lebensweise, für das Lustwandeln im Paradies hatte er den menschlichen Körper geschaffen.

So steht es in der Bibel, im Alten Testament.

Und die Engel des Himmels hätten dann dereinst den Menschen nach einem überaus langen und seligen Leben, ohne Krankheit und Tod, aus den Freuden des irdischen Paradieses in die Herrlichkeit des Himmels hinübergetragen.

Inmitten des Paradieses, auf einer freien Lichtung mit Blick auf den Wendelstein, stand nun ein Apfelbaum, ein „Roter Boskop" und Gott sprach zu Adam an einem Sonntag nach dem Frühstück: „Von allen Bäumen des Gartens kannst du essen, aber den ‚Roten Boskop' rührst du mir nicht an, sonst wirst du eines Todes sterben."

Nun begann das Drama, und die folgende Weltgeschichte wurde in andere Bahnen gelenkt.

Eva, echt Frau, war es langweilig, sich nur von ihrem Manne verführen zu lassen. Da kam ihr die Schlange gerade recht, die ihr den „Roten Boskop" schmackhaft machte.

Sie pflückte deren zwei, aß den einen während sie den zweiten Adam reichte. Und der Unglücksrabe verzehrte ihn mit Wonne obwohl er wurmig war.

Adam versuchte, sich zu verteidigen, als Gott ihn daraufhin maßregelte: „Das Weib, das du mir da zugeschanzt, hat mich dazu verführt!", meinte er kleinlaut.

Und Gott sprach zur unglücklichen Eva: „In Schmerzen sollst du deine Kinder gebären und der Mann soll über dich herrschen." Und zu Adam sprach Gott: „Du Stammvater der Menschheit, du undankbares Wesen, was ich dir jetzt sagen werde gilt für dich und alle Generationen die nach dir kommen werden. Weil du auf die Stimme deines Weibes gehört und mein Verbot missachtet hast, so sei die Erde verflucht um deinetwillen. Im Schweiße deines Angesichts sollst du dein Brot essen und dein Bier trinken. Du sollst täglich stundenlang im Stau stehen wenn du zur Arbeit fährst. Dein sauer verdientes Geld werden deine Freundinnen verjubeln. Du wirst dein schmuckes Kopfhaar verlieren und all deine Zähne werden dir ausfallen. Dein Arzt wird dir Rauch- und Trinkverbot erteilen. Dein Blutdruck wird in ungeahnte Höhen schießen. Und nach leidig gelebten 70 bis 80 Jahren wird man dich mit Freudentränen in ein Grab legen."

So in etwa sprach der liebe Gott zu Adam.

Dann bekleidete er die beiden mit Jeans und T-Shirt, da sie bis zu diesem Ereignis noch FKK waren und vertrieb sie aus dem Paradies.

Wohin sie danach gingen, steht nicht in der Bibel. Nach Deutschland kamen sie jedenfalls nicht.

Sein ganzes Leben lang musste nun Adam wie ein Sklave schuften, ein Büßerleben führen und dabei Gott um Verzeihung bitten.

Wäre das geschilderte Ereignis nicht passiert, würden wir heute noch im Paradiese lustwandeln.

Es hätte niemals Kriege gegeben. Es gäbe keine Millionen und Abermillionen dahingeschlachtete und erschossene Menschen. Kein Mord, kein Diebstahl, kein Neid, keine

Missgunst würde unseren Frieden stören. Statt Dauerkrimi im Fernsehen nur heile Welt. Wir bräuchten keine Ärzte, keine Zahnärzte und auch nicht die Meute von Rechtsanwälten. Es gäbe niemals Streit. Wir wären alle unendlich weise und liebevoll. Keine unlautere Begierde würde unser Herz trüben. Es gäbe weder Hass noch Furcht, weder Treulosigkeit noch selbstsüchtige Arglist, weder Krankheit noch Tod.

Eine tiefe Wehmut erfüllt uns, wenn wir bedenken, wie diese Paradiesseligkeit für immer von der Erde verschwunden ist.

Wegen Eva und einem einzigen, noch dazu wurmigen, Apfel.

Die Menschwerdung
(Ein Gleichnis)

Für einen gläubigen Christen erübrigt sich die Frage ob es einen Gott gibt. Da der christliche Glaube erst seit der neuen Zeitrechnung seine Lehre verbreitete, muss dem oder den Göttern in der Vorzeit eine andere Bedeutung beigemessen werden. Im Lexikon findet man unter Gott: „Die geschichtliche Ausprägung des Gottesgedankens zeigt eine große Mannigfaltigkeit. Das Gemeinsame in der Gottesvorstellung bezeichnet man häufig mit ...". Ach, lassen wir's! Und unter Gottesbeweis lese ich: „Der Versuch die Frage nach dem Dasein Gottes mittels der rationalen Beweisführung zu entscheiden: in dem Gott der Metaphysik durch reine Vernunftgründe, in den übrigen durch Tatsachen wie die des Glücksstrebens oder der Verbreitung ...", ich glaube, wir lassen auch das!

Die ersten für die Nachwelt aufgezeichneten Erzählungen über die Götterwelt scheinen mir die Epen von Homer zu sein, der Ende des 8. Jahrhunderts vor Christus lebte. Es war in der Zeit, die wir die Antike nennen. Das Griechische Altertum. Eine Welt, die heute dreitausend Jahre zurückliegt.

In dieser Epoche lebte, laut Homer, eine Unzahl von Göttern, die der Dichter teils als gute, teils als rachsüchtige Wesen, als ein Spiegelbild der irdischen Menschheit darstellte. Wenn es der Wahrheit entspräche, müssten sie heute noch unter uns weilen, denn bekanntlich sind Götter unsterblich.

Diese Erzählungen sind in ihren ersten Übersetzungen in einer für unsere Ohren ungewöhnlichen Sprache und Ausdrucksweise niedergeschrieben. Darin wimmelt es nur so von „helmumflatterten Helden" und „saumnachschleppenden Frauen". Man liest in ewig langen, blutrünstigen Gesängen: „... zwischen Scham und Nabel hinein, wo am meisten empfindlich, naht der blutige Mord den unglückseligen Menschen. Dort durchdrang ihn das Erz, dass er hingestürzt und die Lanze zappelte im Blut, aber nicht lange; denn ihm nahte der Held, welcher dem Leibe mächtig die Lanze entriss und Nacht umhüllt ihm die Augen ..."

Ein wenig blutrünstiger möchte ich nun versuchen, die „Menschwerdung", wie Homer sie erzählt, in eine für die heutige Zeit verständliche Sprache zu bringen.

Himmel und Erde waren erschaffen, geteilt in Land und Meer. Quellen und Flüsse durchzogen saftig grüne Felder mit fruchtbehangenen Bäumen inmitten von unzähligen Blumen in ihrer ganzen Farbenpracht. Ein Blühen und Reifen ohne Ende. Buntgefiederte Vögel sangen in den Lüften, und auf der Erde wimmelte es von Tieren.

Aber noch fehlte es an Geschöpfen mit Geist und Seele, die dieses Paradies bewohnen und beherrschen könnten.

Prometheus, ein kluger, vorausschauender Gott, ein Sohn jenes Göttergeschlechtes, das von Zeus, dem obersten Gott, dem Gottvater, entthront worden war, knetete einen Tonklumpen und formte daraus den ersten Menschen nach dem Ebenbild der Götter.

Athene, die Göttin der Weisheit und Klugheit, blies dem Menschen den Geist, den Atem ihrer Weisheit ein.

Prometheus knetete weiter, gab dem ersten Menschen, der ein Mann war, eine Frau dazu.

Und sie bevölkerten bald vielfältig die Erde.

Prometheus lehrte den Menschen all die Dinge, die für ihr Leben auf Erden notwendig waren.

Doch dann ging Prometheus zu weit und Zeus wurde richtig zornig.

Denn als eines Tages festgestellt werden sollte, welche Teile eines Tieres der Mensch den Göttern opfern müsse und welche er für sich, als Nahrung, behalten dürfe, stand der gute Prometheus auf der Seite der Menschen. Er umhüllte das beste Stück mit einem Lappen vom schlechtesten Teil und den großen Abfall umwickelte er mit einem guten Fettstück.

Zeus ließ sich täuschen und wählte das Gammelfleisch als Opfergabe für sich.

Als er die Täuschung bemerkte, wurde er maßlos wütend und er ersann ein Übel für die Menschheit.

Er ließ sich ein schönes, jungfräuliches Mädchen anfertigen, das er Pandora nannte. Diese aparte Schönheit schickte er mit einer großen, geschlossenen Büchse zur Erde, auf der die Bewohner bisher sorgenlos lebten. Als sie dort geöffnet wurde, entflohen dem Gefäß alle erdenklichen Übel. Seitdem irren Elend, Krankheit, Mord und Totschlag auf der Erde umher.

Sodann rächte sich Zeus noch fürchterlich an Prometheus. Er ließ ihn mit Ketten über einem schauerlichen Abgrund an einer Felswand im Kaukasus festschmieden. Ewig solle er hier hängen oder zumindest dreißigtausend Jahre, meinte Zeus.

Um seine Qualen noch zu erhöhen, beauftragte er einen Adler, täglich an seiner Leber zu zerren.

Als Prometheus bereits viele Jahre so hing, kam eines Tages Herakles, ein unehelicher Sohn von Zeus, der mit dem Gequälten dick befreundet war. Er erschoss den gefräßigen Vogel und befreite ihn von den Ketten.

Von dem Menschengeschlecht, das auf Erden hauste, kam Zeus schlimme Kunde zu Ohren. Nachdem er sich selbst davon überzeugte, gedachte er, dieses frevlerische, ruchlose Geschlecht dort unten zu vertilgen. Eine Sündflut schien ihm das geeignete Mittel zu sein. Alsbald stürzten Regenfluten nieder. Die Flüsse durchbrachen die Dämme. Alles Land wurde See. Ein einzelner hoher Berg, der Parnass, ragte noch mit seiner Spitze aus der alles bedeckenden Meeresflut heraus. Prometheus erfuhr von der schrecklichen Strafe für sein Volk. Er warnte noch rechtzeitig seinen Sohn Deukalion, der frühzeitig sein Schiff zurecht machte und mit seiner Gattin Pyrrha, als einzige Überlebende, der Bergspitze zusteuerte.

Um die Erde aufs Neue zu bevölkern, ließen die Götter nicht, wie man vermutet hätte, pausenlos Kinder zeugen. Vielmehr gab eine der Göttinnen ihnen den Auftrag, Felsbrocken vom Berg zu rollen. Das rollende Gestein legte seine Härte und Spröde ab, es wurde geschmeidig, wurde Körper, gewann menschliche Formen. Die vom Mann gerollten wurden Männer, die von der Frau wurden Weiber.

Mann ... Weib ... Mann ... Weib ... sie rollten und rollten und die Erde bevölkerte sich wieder.

Lasst uns nun das Buch der Bücher, die Bibel, das Alte Testament, aufschlagen.

Im Buch Mose, der Genesis, steht geschrieben – und was hier geschrieben steht, hat erstaunlich viel Ähnlichkeit mit Homers Menschheitsgeschichte: Gott hat die Welt erschaffen, in sechs Tagen, wie wir wissen – den Garten Eden, den Lustgarten. Dort sah es aus wie in Homers Garten: Quellen und Flüsse durchzogen saftig grüne Felder mit fruchtbehangenen Bäumen inmitten von unzähligen Blumen in ihrer ganzen Farbenpracht. Buntgefiederte Vögel ... usw.

Aber noch fehlte es an Geschöpfen, in deren Leib der Geist Wohnung nehmen und von ihm aus die Welt beherrschen konnte.

Es sollte noch ein Wesen entstehen, das Vernunft und Liebe besäße, um, gleich den Engeln, Gott zu erkennen, zu lieben und in ihm unaussprechlich selig zu sein. Der Herr nahm einen Batzen Lehm und bildete nach seinem Ebenbild den ersten Menschen. Hauchte in sein Angesicht den Odem des Lebens und die geistige Seele ein. Und er nannte ihn Adam, was auf gut Deutsch „Mensch" heißt.

Als Gott sah wie Adam das Alleinsein langweilte und er sowieso für die Weitervermehrung ein System erdachte, das auch heute noch seine Gültigkeit hat, wenn es auch durch gewaltigen Missbrauch in Verruf geraten ist, bastelte er ihm eine Gefährtin. Die bildhübsche Eva, mit deutschem Namen „Leben".

Es war Liebe auf den ersten Blick, die diese beiden verband.

Und sie lustwandelten im Paradies in vollkommener Glückseligkeit, dass selbst das Auge Gottes mit Wohlgefallen und zärtlichster Vaterliebe auf ihnen ruhte.

Aber nur solange, bis sich die beiden eines Tages anmaßten, einige Äpfel von dem Baum zu klauen, den der Herr für sich reserviert hatte.

In maßlosem Zorn vertrieb er darauf die Unglücklichen aus dem wunderschönen Paradies.

Eva gebar später zwei Söhne, Kain und Abel. Kain konnte seinen jüngeren Bruder nicht leiden und erschlug ihn.

Der erste Mord in der Geschichte der Menschheit. Ein Mord ohne Verurteilung, ohne Strafe. Gott sagte nichts.

Eva gebar noch einen Sohn, den Seth.

Dann liest man weiter in der Bibel: Kain hatte viele Nachkommen sowie auch sein Bruder Seth.

(Hier stimmt etwas nicht, lieber Chronist. Hier fehlen ein paar Frauen!)

In kurzer Zeit füllte sich die Erde mit Menschen, die sich leider immer mehr von Gott abwandten. Jegliches Laster war ihnen hold. Der Herr konnte das nicht mehr länger dulden. Und er schickte ihnen die Sündflut.

Nur der gottesfürchtige Noah mit seiner ganzen Verwandtschaft konnte sich retten, da der Herr ihn rechtzeitig gewarnt hatte.

Dieses Geschlecht, das einzige das überlebte, verbreitete sich alsbald über alle Erdteile.

Und je nach Erdteil wurden sie in der Folgezeit weiß, schwarz, gelb oder rot. Damit man wusste wo sie hingehören. (Das steht nicht in der Bibel.)

In beiden Schriften töpferte der Schöpfer mit demselben Material.

In beiden Schriften rächte sich Gott durch die Sündflut.

Liest man die folgenden Epen von Homer, die Argonautensage, die Heraklessage, über Ödipus bis zum Trojanischen Krieg und zu Odysseus, so tropft die Erde nur so von Blut.

Nicht besser ist es in der Bibel bestellt: Über Abraham gelangt man zu seinem Sohn Isaak. Es folgen erste blutige Gottesgerichte wie Sodom und Gomorra. Die Knechtschaft der Israeliten in Ägypten. Moses erscheint. Wir wissen von den Zehn Geboten, von denen eigentlich nur zwei Gebote sind, die anderen sind Verbote.

Immer neue Strafen sandte der Herr über die gebeutelte Menschheit. Das Volk der Juden wurde in furchtbare Kämpfe verwickelt. Ein Töten ohnegleichen. Dann kamen die Römer. Der Erlöser erschien und wurde nicht erkannt. Es folgten die Kreuzritter mit ihren blutigen Vergeltungsfeldzügen – um nur einige zu nennen. Länder wurden vernichtet, verschachert ... und, und, und.

Auf Napoleon folgte Hitler. Fünfzig Millionen verschwanden dabei für immer unter der Erde. Die Atombombe wurde als neue Massenvernichtungswaffe erfunden ...

Bleibt nur noch die Frage, wann wird die Menschheit es endlich geschafft haben, sich endgültig auszurotten ...???

Der Trojanische Krieg oder
die fatalen Folgen weiblicher Eitelkeit
(Frei nach Homer)

Es war so um das Jahr 1250 v. Chr. als die Griechen ihren Vergeltungsfeldzug gegen Troja führten. Und da jeder Krieg irgendwie einen Ursprung hat, man möchte es jedenfalls meinen, so hat auch diese Schlacht eine, wenn auch ungewöhnliche, Entstehungsgeschichte. Es war in der hohen Zeit des klassischen Altertums in seiner ganzen Pracht und Blüte, die von Kämpfen und Schlachten nur so wimmelte, so wie auch jede Zeit nach ihr keine Ausnahme davon macht. Als Griechenland und die benachbarten Inseln von einer Unzahl von Göttern beherrscht wurden, die sich in allen weltlichen Machenschaften präsent zeigten.

Es war ein Götterstaat, in dem diese Wesen neben ihrer Unsterblichkeit weiter nichts Göttliches an sich hatten. Sie waren mit allen menschlichen Zügen und Eigenschaften, mit guten, wie mit schlechten, ausgestattet. Sie bekämpften und betrogen sich gegenseitig und trieben mit dem Volk ihr ungöttliches Spiel.

Sogar Zeus, der Göttervater, der oberste Richter, machte hier keine Ausnahme. Vor einiger Zeit hatte er seinen Vater in die Hölle gestürzt und die Herrschaft an sich gerissen. Mit seiner Schwester und Gattin Hera zeugte er einige unbedeutende Kinder.

Weitaus erfolgreicher waren seine unehelichen Kinder und das waren nicht wenige. Er musste ja keine Unterhaltskosten zahlen.

Jedes Mal, wenn er ein überaus schönes weibliches Wesen auf Erden entdeckte, verwandelte er sich in ein irdisches Wesen und verführte die Holde.

Sein Sitz war der Olymp, hier bewohnte er den schönsten und größten Palast. Des Öfteren sah man ihn auf der Insel Kreta, hoch droben am Gipfel des Berges Ida, in seinem Wochenendhaus. Dorthin flüchtete er jedes Mal, um sich von den Strapazen eines Seitensprunges zu erholen. Auch um sich vor Hera, seiner Gemahlin, eine Zeitlang zu verbergen, die furchtbar eifersüchtig auf seine Liebschaften reagierte und in ihrem Jähzorn den Beischläferinnen alles mögliche Unheil androhte.

Sie schreckte nicht mal zurück, ihre eigenen Kinder zu demütigen: Wie bei Hephaistos, ihrem Letzten. Sie war über seine Hässlichkeit so entsetzt, dass sie ihn vom Olymp stürzte. Als ihre Rache einmal zu weit ging, hängte sie Zeus zur Strafe mit den Handgelenken am Olymp auf und beschwerte zusätzlich ihre Füße mit schweren gusseisernen Ambossen.

So in etwa sah das harmonische Eheleben dieser obersten Gottheit aus.

In dieser göttlichen Zeit wohnten auf einer Insel im Ägäischen Meere die Brüder Jasion und Dardanos.

Wie sollte es anders sein, zwei uneheliche Söhne von Papa Zeus, die er mit einer Nymphe gezeugt hatte.

Als die beiden im besten Jünglingsalter waren, wagte einer, es war Jasion, der Göttin Demeter schöne Augen zu machen. Das erzürnte Zeus und er ließ den unglücklich Verliebten durch einen Blitz erschlagen.

Dardanos verließ daraufhin tief bedrückt die Insel und segelte in ein anderes Land.

Dort herrschte König Teukros. Dem König gefiel der fremde Jüngling. Er schenkte ihm ein Stück Land und seine Tochter dazu.

Dann war anscheinend nicht mehr viel los. Die Sage fährt erst wieder mit einem Enkel des Dardanos fort. Dieser Enkel war Tros und dessen Nachfolger Ilos. Ilos war ein kräftiger, gut trainierter junger Mann. Er reiste als Ringkämpfer durch die Lande. Als er eines Tages bei so einem Wettringen als Sieger hervorging, schenkte ihm der dortige König fünfzig Jünglinge und ebenso viele Jungfrauen als Preis. Dazu noch eine bunt gefleckte Kuh. Er bekam die Weisung, dort, wo sich die Kuh niederlege, solle er eine Burg errichten.

Ilos trieb die Kuh vor sich her, gefolgt von seiner Siegesbeute, den Jünglingen und den Jungfrauen. Und dort, wo die Kuh nicht mehr weiter konnte, entstand Troja.

Es wurde eine mächtige Stadt, mit einer mächtigen Ringmauer, die allen feindlichen Überfällen trotzte.

Also, Troja wäre gebaut, nun fehlt nur noch der Krieg. Denn eine Stadt ohne kriegerische Vergangenheit, die gibt es nicht, das ist so Brauch und Bestimmung, um die keine Stadt herumkommt.

Generationen später regierte dort König Priamus. Als dessen Frau, die Hekuba, kurz vor der Geburt ihres zweiten Kindes stand, erschreckte sie ein böser Traum, in dem die ganze Stadt Troja zu Asche verbrannte. Eine heillose Angst überfiel das Königspaar. Sie zogen einen Wahrsager zu Rate, der ihnen riet, das Neugeborene auszusetzen, da es seiner Vaterstadt Verderben bringen werde.

Die beiden befolgten den Rat und ließen das Kind, es war ein Sohn, durch einen Sklaven auf den nahen Berg Ida tragen.

Eine Bärin entdeckte das wimmernde Wesen und reichte ihm die Brust.

Bis eines Tages ein Hirte den Kleinen in der Bärenhöhle entdeckte. Er nahm ihn mit nach Hause, zog ihn auf und nannte ihn Paris.

Der Königssohn wuchs zu einem überaus schönen kräftigen Jüngling heran.

Als Paris eines Tages seine Schafe weidete, erschienen ihm drei himmlische Frauen in Begleitung des Götterboten Hermes, einem unehelichen Sohn von Zeus, den er mit der Bergnymphe Maja gezeugt hatte. – Wir werden noch mehreren begegnen.

Und der Götterbote sprach zu ihm: „Die Göttinnen haben dich als Schiedsrichter gewählt, zu bestimmen, welche von ihnen die Schönste sei. Nimm diesen goldenen Apfel und lege ihn derjenigen deiner Wahl in die Hand."

Die drei Schönheiten warfen sich in die Brust und jede spielte mit ihren Reizen, sodass es Paris schwerfiel, eine Entscheidung zu fällen.

„Ich bin Hera, die Schwester und Gemahlin des Zeus", sprach die eine, „wenn du mir den Apfel gibst, sollst du herrschen über das mächtige Reich der Erde!"

Die Zweite stellte sich als Pallas Athene vor und versprach ihm Ruhm, Weisheit und Klugheit.

Die Dritte schaute ihn mit einem süßen Lächeln aus ihren tiefblauen Augen an; dabei ließ sie ihre Hüllen fallen, sodass er ihre vollkommene Schönheit bewundern konnte. „Wenn du mich erwählst, werde ich dir das schönste Weib der Erde als Gemahlin in die Arme führen – denn ich bin Aphrodite, die Göttin der Liebe!"

Wer könnte diesem verlockenden Angebot und ihrem unwiderstehlichen Liebreiz widerstehen? Paris jedenfalls nicht.

Und so legte er Aphrodite das goldene Kleinod in ihre zarten Hände.

Es erübrigt sich, zu erwähnen, dass die beiden Schönen neben Hera ebenfalls uneheliche Töchter von Zeus waren. Und Hermes, dem Götterboten, sagte man nach, er hätte ein Verhältnis mit Aphrodite. Diese erste Schönheitsköniginnenwahl in der Geschichte war nun der Grund der zehnjährigen Schlacht um Troja.

Heute kann man diese drei konkurrierenden makellosen Schönheiten in allen Schlossgärten, in Stein gemeißelt und nackt auf einem Sockel stehend, bewundern und von den besten Malern in Öl gelegt, hängen sie in den größten Museen der Welt.

Es kam wie es kommen musste; das heißt, zuerst geschah eine Zeitlang gar nichts. Erst nach mehreren Jahren, als Paris beim Oktoberfest in Troja bei einem Wettkampf den ersten Preis errang, wurde er von einer Seherin als Sohn des Königs Priamus erkannt. Es gab ein großes Hallo und so weiter. Die ehemalige Weissagung, die zur Aussetzung geführt hatte, schien man vergessen zu haben.

König Priamos hatte eine Schwester, die Hesione, die als hübsches, jungfräuliches Mädchen einstens von den Griechen geraubt worden war. Diese Schmach hatte er bis heute nicht vergessen. Schon einmal hatte er einen Gesandten nach Griechenland geschickt, mit der Bitte, seine Schwester freizulassen, was aber zu keinem Erfolg geführt hatte. Nun gedachte der König, seinen wiedergefundenen Sohn Paris mit einem gewaltigen Heer auf die Reise zu schicken, um einen zweiten Versuch zu wagen und seine Schwester, wenn die Herausgabe wiederum verweigert würde, mit Gewalt zu befreien.

Als Paris mit seinem Gefolge in Griechenland, in Sparta, ankam, war dessen König Menelaos gerade mit seinen Auserwählten bei einer Treibjagd im benachbarten Pylos. An seiner Statt führte seine Gemahlin Helena, die als die schönste Frau ihrer Zeit galt, die Staatsgeschäfte. Helena war natürlich auch eine uneheliche Tochter von Zeus. Sie wurde aus einem Ei geboren, nachdem Zeus, in Gestalt eines Schwanes, ihrer Mutter Leda beigewohnt hatte.

Als nun Paris diese überirdische Schönheit zu Gesicht bekam, dachte er sofort wieder an das Versprechen, das ihm Aphrodite einstens gegeben hatte. Es war ihm klar, diese versprochene Gemahlin konnte nur Helena sein.

Der Auftrag seines Vaters schwand ihm aus dem Sinn. Er sah nur noch diese Frau und ein gewaltiges Verlangen legte sich in seine Brust.

Auch Helena verglich heimlich die stolze Erscheinung ihres Gastes, seine schlanke, kräftige, in Purpur gekleidete Gestalt, mit dem Bild ihres weniger purpurnen Gemahls. Und die heftige Glut der Liebe, die aus den Augen des stolzen Jünglings ihr entgegen leuchtete, betörte das unbewachte Herz der Königin.

Und der unsterblich Verliebte raubte die sich nicht sträubende Schönheit und segelte mit seiner Beute nach Hause.

Es kam wie es kommen musste. König Menelaos, der betrogene Ehemann, forderte daraufhin die sofortige Mobilmachung. Alle Stämme Griechenlands griffen zu den Waffen. Mit im Gefolge die unbesiegbaren Helden Odysseus, Achill (nach dem später die Achillessehne benannt wurde), Aiax (einst als Putzmittel in Deutschland sehr beliebt) sowie sein Halbbruder Teukros, um nur einige zu nennen. Gestalten, die bis heute, dreitausend Jahre später, durch Hollywoods Monumentalschinken lebendig geblieben sind.

König Priamus von Troja hatte fünfzig Söhne, neunzehn von seiner Gattin Hekuba, darunter Hektor, der beste Kämpfer der Trojaner, der den Oberbefehl über die Truppen erhielt.

Vor den Toren Trojas stießen die feindlichen Truppen aufeinander. Es entwickelte sich eine der größten Völkerschlachten der Geschichte.

Hin und her wogte der Kampf. Mal gelang es den Trojanern, die Griechen in die Flucht zu schlagen, mal flohen sie wieder vor der Kampfstärke des Gegners. Dann verschanzten sie sich hinter ihren uneinnehmbaren Mauern.

Neun Jahre dauerte so das Gemetzel. Neun Jahre lang hin und her, keinem gelang eine entscheidende Schlacht. Im zehnten Jahr forderte Paris, um das unsinnige Schlachten zu beenden, den Tapfersten der Griechen zum Zweikampf auf: Wer von uns beiden siegt, mag Helena heimführen. Menelaos selbst stellte sich ihm.

Aphrodite stand Paris bei. Als es brenzlig um ihn stand, und Menelaos gerade zum tödlichen Schlag ausholen wollte, hüllte die Göttin ihren Schützling in eine Wolke und führte ihn heim in das Gemach zu seiner Helena.

Dann schlugen sie alle wieder wild aufeinander ein. Wiederum wogte das Kampfgetümmel hin und her.

Hektor und Aiax stellten sich zum Zweikampf um Sieg oder Niederlage für ihr Volk. Ein gewaltiges Ringen beider Helden begann. Keinem gelang ein entscheidender Vorteil, bis die Finsternis sie trennte.

Weitere Kämpfe schlossen sich an. Eine Unmenge Blut floss auf beiden Seiten. Hin und her, wochenlang – bis ihre Kräfte verbraucht waren. Darauf ruhten sie mehrere Tage und stärkten sich mit Ambrosia und Nektar. „Halt!", werden einige sagen, „jetzt gehst du zu weit! Ambrosia und Nektar sind die Speisen der Götter, die ihnen Unsterblichkeit verleihen. Kein Sterblicher darf sich daran laben." So werde ich antworten: „Wenn sich schon die Götter mit den Sterblichen auf Erden tummeln, sich in den Kampf einmischen, was ein völliger Blödsinn und noch dazu extrem unsportlich ist, so darf auch ich meine irdischen Helden damit füttern."

Nach erholsamem Schlaf und gekräftigt durch diese Speisung, fielen sie am nächsten Tag wieder wie verrückt übereinander her. Die Götter mischten sich ein. Der erzürnte Apoll (ein unehelicher Sohn von Zeus) stellte sich auf die trojanische Seite, weil der Grieche Agamemnon ein Mädchen, das er gerne haben wollte, nicht freiließ. Er lenkte einen Pfeil von Paris an die einzig verwundbare Stelle des Achill – an die Achillesferse. Auch Aiax, der zweite große Held der Griechen, zog sich den Zorn der Götter zu, er verübte Selbstmord. Paris wurde aus dem Hinterhalt von einem Giftpfeil getroffen. Seine frühere Geliebte besaß zwar das nötige Gegengift, weigerte sich aber wegen Helena, es ihm zu geben.

Weiter wogte der Kampf, aber das schenken wir uns. Die Mauern von Troja waren uneinnehmbar.

Da hatte der listige Odysseus plötzlich eine glorreiche Idee: „Wir bauen ein großes hölzernes Pferd, darin sich einige von uns verbergen können. Darauf ziehen wir unsere Truppen zurück, sodass die Trojaner des Glaubens seien, wir hätten kapituliert. Sie werden das Pferd als Beute in ihre Mauern holen und in ihrem Siegestaumel sich sinnlos besaufen. Ihr schleicht euch inzwischen im Dunkel der Nacht lautlos an die Tore heran, die wir euch von innen öffnen werden."

So geschah es.

Die Trojaner zogen das hölzerne Pferd, trotz Warnung, als Weihgeschenk an die Göttin Athene in ihre Stadt. Dann ging, wie die Griechen es vermutet hatten, das Saufgelage los, bis alle sinnlos betrunken unter den Tischen lagen.

Die Helden, an ihrer Spitze Odysseus, stiegen aus dem Bauch des Pferdes und öffneten die Tore. Die Griechen richteten nun ein furchtbares Gemetzel unter den volltrunkenen Trojanern an. Auch König Priamus wurde dabei der Kopf abgeschlagen.

Dann legten sie Feuer in allen Häusern.

Troja gab es nicht mehr ...

Menelaos' erster Gedanke war, die treulose Helena zu töten, doch ihr Liebreiz hielt ihn aufs Neue gefangen und er nahm sie wieder unversehrt mit nach Hause.

Über ihr weiteres Leben liest man unterschiedliche Deutungen. Glaubhaft erscheint, Apollon habe sie unter die Unsterblichen aufgenommen. Denn was wäre unsere Welt ohne die unsterbliche Schönheit einer Frau.

Ich habe alles so niedergeschrieben wie Homer es gedichtet - in meiner Sprache.

Ich habe keinen zusätzlich erschlagen, obwohl bei den vielen Verblichenen die große Gefahr bestand, dass einer aus Versehen mit hineinrutscht.

Und die Eitelkeit der Frauen ...???

Das Haupt der Medusa

Im Flur meines Hauses hängt an der Wand seit Jahren eine aus Ton geformte Gesichtsmaske. Als ich einst diese Maske bei einer befreundeten Künstlerin entdeckte und meine ehrliche Bewunderung über das, wie mir schien, gelungene Werk zum Ausdruck brachte, machte sie mir die Maske spontan zum Geschenk. Es ist ein Medusenhaupt. Jenes weibliche Ungeheuer mit Schlangen auf dem Kopf, das in einer altgriechischen Sage jeden, der es ansieht, zu Stein erstarren lässt.

Dieses Schlangenhaupt soll angeblich das Haus vor Ungemach, vor Einbruch und wer weiß sonst was beschützen.

Mir gefiel an dieser Arbeit, dass die Künstlerin das Gesicht nicht fratzenhaft dargestellt hatte, wie man es von anderen Abbildungen gewohnt war. Klare reine Gesichtszüge, der Mund etwas spöttisch, überheblich, darin sich ein gewisser Hochmut spiegelt. Den Kopf voll mit unzähligen Schlangen, die sie, wie breite Bandnudeln, einer Halskrause gleichend, um das Kinn gelegt hatte.

Wie kam nun die Geschichte zu diesem abartigen Haupt, ohne dass jemals der dazugehörige Körper in Erscheinung getreten war.

Es war, ich weiß nicht wie viele Jahrhunderte vor unserer Zeitrechnung, als im alten Griechenland Gottvater Zeus wieder einmal eines seiner vielen außerehelichen Verhältnisse anpeilte.

Danae, die bildhübsche Tochter des Königs Akrisios von Argos, hatte es ihm angetan.

Diese Königstochter war auch bei späteren Künstlern wegen ihrer Schönheit ein begehrtes Modell. In pompeianischen Wandbildern sah man ihre verführerische Gestalt. Tizian, Correggio und Rembrand legten sie in Öl und Richard Strauss komponierte eine Oper über ihr Liebesleben.

Man kann den guten Zeus verstehen, wenn er vernarrt war in dieses Geschöpf.

Er war weithin bekannt für die originellen Verkleidungen, mit denen er jedes Mal bei seinen auserwählten Damen erschien.

Bei der ahnungslosen Danae verkleidete er sich als Goldregen.

Wie das nun vor sich ging ... als Regen ...?

Jedenfalls wurde Danae schwanger und sie gebar einen Sohn, den sie Perseus nannte.

Als der Großvater von Perseus, König Akrisios, wieder einmal in Delphi weilte, wurde ihm durch eine Seherin ein verhängnisvoller Orakelspruch verkündet.

Delphi war damals eine der heiligen Sprechstätten, in der eine Priesterin Weissagungen erteilte.

Heutzutage legt man Karten, gießt Blei oder zupft Gänseblümchen ... sie liebt mich ... sie liebt mich nicht!

Die Wahrsagerin verkündete dem verdutzten König, ein Enkel werde ihm Leben und Thron rauben!

Darauf sperrte er den kleinen Perseus mit samt seiner Mutter in eine Kiste und versenkte sie im Meer.

Dem guten Zeus aber missfiel diese frevlerische Tat. Er beschützte die beiden und trieb die Kiste an den Strand der Insel Seriphos. Der König dieser Insel, Polydektes, der gerade beim Fischen am Meer weilte, entdeckte das Treibgut mit der lebenden Fracht. Er befreite die Insassen aus ihrem Sarg und nahm sie liebevoll bei sich auf. Natürlich erhob er die schöne Danae sofort zu seiner Gemahlin.

Als der Knabe prächtig herangewachsen war, bedrängte ihn sein Stiefvater, eine große Tat zu begehen. Irgendwo über dem großen Ozean hausten die letzten drei Töchter der Gorgonen. Sie galten als unsterblich, bis auf eine, die Medusa hieß, und dieser sollte er das furchtbare Haupt abschlagen und ihm bringen.

Perseus nahm sein ehernes Schwert, die Sonne lachte vom unverschämt blauen Himmel und er machte sich frohen Mutes auf den Weg.

Bald gelangte er in eine unwirtliche Gegend. Ein alter grauer Mann lebte dort mit vielen entsetzlichen Ungeheuern. Er traf auf drei hässliche graue Jungfrauen, die alle drei nur ein Auge und einen Zahn hatten, die sie bei Bedarf einander ausliehen. Da ihm die drei Geschöpfe den Weg zu den Nymphen nicht zeigen wollten, stahl er ihnen heimlich Aug und Zahn und setzte sie damit unter Druck.

Von den Nymphen erzählte man sich, sie seien Töchter von Zeus, reizende Wundergeschöpfe mit Flügelschuhen – wie Hermes, der Götterbote, sie besitzt – und einem Helm aus Hundefellen, der sie unsichtbar mache. Wer diese Ausrüstung besaß, konnte fliegen wohin er wollte, er sah und wurde selbst nicht gesehen.

Nach einem langen Marsch entdeckte er auf einer Waldlichtung diese verführerischen weiblichen Wesen. Bald gelang es Perseus, eines dieser niedlichen Geschöpfe zu bezirzen. Als sie dann friedlich neben ihm in den Schlaf sank, stahl er ihr den kostbaren Besitz.

So ausgerüstet flog er nun über den großen Ozean zu den drei unheimlichen Töchtern der Gorgonen.

Er überraschte sie in tiefem Schlaf. Ihre Häupter waren mit Drachenschuppen übersät und mit Schlangen bedeckt. Große Hauzähne ragten aus ihrem offenen Mund.

Da er mit dem Nymphenhelm unsichtbar blieb, konnte er sie betrachten ohne zu Stein zu erstarren. Und ohne Mühe gelang es ihm, der Medusa den Kopf vom Leibe zu trennen. Schnell steckte er die Beute in seinen Sack und flog ungesehen von dannen.

Er flog und flog bis er müde wurde. Im Reich des Königs Atlas ließ er sich nieder, um auszuruhen. Aber der König gewährte ihm kein Obdach. Das ergrimmte Perseus und voll Zorn streckte er ihm das Medusenhaupt entgegen. Augenblicklich wurde der König zu Stein. Und weil der Zorn des Jünglings so gewaltig war, wurde der steinerne König auch gewaltig, er wurde zu Berg und Tal, Wälder dehnten sich aus, kahle Steine ragten daraus empor – und seitdem gibt es das Atlasgebirge.

Perseus setzte seinen Flug über das neue Gebirge fort. An der Küste Äthiopiens entdeckte er, zu seinem Schrecken, eine bildschöne Jungfrau, die an eine Meeresklippe gefesselt war.

Auf seine Frage, wer sie sei und weshalb sie hier hinge, sagte sie unter Tränen: „Ich bin die Königstochter Andromeda. Meine Mutter prahlte einst bei den Wasserfrauen, sie sei schöner als sie alle. Darauf ließ der Meeresgott, der mit den Nixen ein Verhältnis hatte, unser gesamtes Land überschwemmen. Und eine Seherin verkündete, wenn der König seine Tochter dem großen Raubfisch zum Fraße gebe und hier an den Felsen binde, würde das Land von der Überschwemmung befreit werden. Das Volk bedrängte den König, den Rettungsanker zu ergreifen und so hänge ich hier und warte auf das große Ungeheuer."

Kaum waren ihre letzten Worte verklungen tauchte auch schon das Scheusal aus den Wellen auf.

Perseus stieg, einer Rakete gleich, in die Lüfte und ließ sich wie ein Adler auf das Meeresungeheuer fallen, dabei stieß er ihm sein Schwert bis an den Knauf in den Leib. Alsdann führte er die überglückliche Jungfrau zu ihren nicht weniger glücklichen Eltern. Natürlich dampfte bald darauf das Hochzeitsmahl.

Da erschien unangemeldet der Bruder des Königs mit einer großen Schar Krieger im Hochzeitssaal und verlangte seine Nichte zur Braut. Den Speer schwingend zielte er voll Zorn auf seinen Nebenbuhler – traf ihn aber nicht. Schon war eine mächtige Keilerei im Gange. Ein mörderischer Kampf entbrannte. Die Eindringlinge waren in der Überzahl.

Da erhob Perseus seine Stimme: „Wer mein Freund ist, wende sein Antlitz ab!"

Im selben Augenblick zog er das Medusenhaupt aus dem Sack und hielt es den Gegnern unter die Nase. Sofort waren alle Feinde zu Gestein erstarrt. Nichts als Marmorstatuen in den mannigfaltigsten Stellungen füllten den Raum.

Ohne weitere Hindernisse führte nun Perseus seine geliebte Andromeda zurück zur Insel Seriphos.

Dort hatte sich inzwischen die Ehe seiner Mutter mit dem König auseinandergelebt. Der König ging einige Male fremd. Danae wollte die Scheidung – der König wollte nicht.

Perseus löste das Problem auf seine Art. – Die Marmorgestalt des Königs ist heute noch, zwar schon etwas verwittert, auf der Insel zu sehen.

Sodann machten sich die beiden auf den Weg zu ihrer Heimat nach Argos. Unterwegs kamen sie an eine Sportstätte, dort fand ein Wettkampf im Diskuswerfen statt. Am Rande der Wurfanlage, unter vielen Zuschauern, stand auch König Akrisios, der dem Wettkampf beiwohnte. Perseus ließ sich überreden, einen Wurf zu wagen. Dabei traf er seinen Großvater so unglücklich, dass er an der Verletzung starb.

So hatte sich der Orakelspruch dennoch erfüllt.

Alles Ungemach war nun beseitigt, der Orakelspruch erfüllt. Das junge Paar konnte nun ein glückliches Eheleben führen. Andromeda gebar ihm viele Söhne. Später wurde sie, der Sage nach, in ein Sternbild verwandelt. Warum und weshalb, darüber verweigert mein großes Universallexikon jede Auskunft.

Perseus wurde als Held verehrt und von vielen späteren Künstlern, nackt, mit dem Medusenhaupt im Arm, in Marmor gemeißelt und auf Sockel gestellt.

Und das Haupt – ohne seinen Henker – hängt wie gesagt im Flur meines Hauses an der Wand. Und jeder der mein Haus betritt, kann sein Antlitz zu ihm erheben, ohne zu Stein zu erstarren. Denn man soll nicht alles glauben, was hier geschrieben steht!

Die nordische Götterwelt
(Ein Fragment)

Zur selben Zeit, als südlich der Alpen, in der sogenannten Antike, im griechisch-römischen Altertum,
Gottvater Zeus als der höchste aller griechischen Götter
über die Menschheit herrschte, schufen sich die Völker
nördlich der Alpen, bis in die Eis- und Felsnatur Islands,
wo das germanische Heldentum seine Wurzeln hat, ihre
eigene Götterwelt. Denn andere Lebensbedingungen und
andere Naturkräfte verlangten nach anderen Göttern.
Dort herrschte, als der höchste und älteste aller Götter,
der ganz und gar germanisch geprägte Gott Odin, auch
Wotan genannt. Gott der Lüfte, Herr in der Schlacht,
Schöpfer der Dichtkunst und Totengott – so ging er jedenfalls in die Geschichte ein. Er war ein sehr vielseitig inte-
ressierter Gott, der neben seiner künstlerischen Neigung
ununterbrochen Menschenopfer verlangte.

So wie Zeus durch seine amourösen Abenteuer Be-
rühmtheit erlangte, so kannte man Odin als leidenschaft-
lichen Sammler von gefallenen Helden, die ihm seine
Adoptivkinder, die Walküren, aus den von Blut geröteten
Schlachtfeldern zuführen mussten und die er dann in seiner Valhöll, der Walhall, der Totenhalle, aufbewahrte.

Diese ausgewählten toten Helden standen dann in der
Valhöll alle wieder frisch und munter auf. Täglich ver-
mehrte sich ihre Zahl – er konnte nicht genug kriegen.
Um ihrem Kampfesmut und der Lust am Töten weiter zu
frönen, zogen sie jeden Morgen hinaus auf den Hof und
erschlugen sich gegenseitig. Aber sie standen alle immer
wieder auf, dann schmausten und zechten sie nach Her-

zenslust, auf langen Bänken sitzend, in der fünfhundertvierzigtürigen Totenhalle. Täglich wurde für ihr Gelage ein Eber geschlachtet, der am nächsten Morgen auch wieder putzmunter dastand und natürlich wieder und wieder geschlachtet wurde. So ging ihnen die Speise niemals aus. Und auch der köstliche Met floss unaufhörlich, den sie aus großen Hörnern in großen Mengen in sich hinein schütteten. Odin hielt sich bei den Speisen sehr zurück, aber Met trank er reichlich.

Diese gesammelten, auferstandenen Helden waren alle Halbgötter. Erhöhte Wesen von menschlicher Gestalt und Lebensform, die, ausgestattet mit Natur und Zauberkräften, in so manchen Kämpfen ihre Überlegenheit gezeigt hatten. Kühne, furchtlose Krieger, uns als germanische Helden bekannt, um die sich sagenhafte Mythen ranken.

Riesige Männer, die mit gewaltigen Schwertern aufeinander einschlugen, dass der Stahl nur so klirrte und die Köpfe ihrer Gegner nur so rollten. Denn der Kampf war ihr Leben, wurde ihnen zur Gewohnheit und Lust. Sonst gab es wenig von ihnen zu berichten.

So jedenfalls sind uns heute noch einige dieser Helden in bester Erinnerung. Allein schon durch Richard Wagners Musikschaffen, in dem sie alljährlich in Bayreuth ihre Auferstehung erleben dürfen. Obwohl der Meister sie in seinen Werken gehörig durcheinandergewürfelt hat.

Irgendwie schien damals die Menschheit, ob in Süd oder Nord, nicht ohne Vielgötterei auszukommen. Denn all die Götter, die da ihr Unwesen trieben, wurden ja von Menschen selbst erdacht, selbst in die Welt gesetzt, als Verkörperung von Naturkräften, die sie nicht anders zu deuten wussten, als dass ein Gott dahinterstehen müsse.

Erst nachdem Jesus Christus uns den rechten Weg gewiesen hatte, war Schluss mit der Vielgötterei.

Doch so ganz ohne kam das Volk auch dann noch nicht aus. So ernannten sie einige ihrer Heiligen zu Schutzpatronen, denen sie ihre Wünsche und Anliegen vortragen konnten.

Jedenfalls ist es beruhigend, solche Schutzgötter um sich zu wissen, man kann ihnen so manches Unheil in die Schuhe schieben. Man denke etwa an den heiligen Petrus, der für unser Wetter verantwortlich ist und es niemandem recht machen kann.

Doch zurück zu den nordischen Göttern.

Es begann, wie alles begann – mit der Schöpfung, so wie sie eine nordische Seherin einst offenbarte.

Im Anfang war nichts, eine Leere, weder Sand noch See, weder Erde noch Himmel, nur gähnender Abgrund.

Aber es gab einen Brunnen. Aus dem entsprangen zwölf brausende Flüsse, die am Abgrund zu Eis erstarrten. Von irgendwoher wehte ein heißer Luftstrom, der das Eis zum Schmelzen brachte. Das tröpfelnde Schmelzwasser erwachte zum Leben und daraus entstand der Urriese Ymir.

Als der Riese eines Tages unter seinem linken Arm sehr schwitzte, wuchsen dort ein Mann und eine Frau (das waren noch nicht Adam und Eva, denn erst musste die Erde erschaffen werden, und da hatte diese Seherin ihre eigene Vorstellung).

Aus weiteren Schweißperlen des Riesen entstand eine Kuh, aus deren Euter vier Milchströme entsprangen. Damit ernährte sich der Riese.

Die Kuh leckte in ihrem Durst das geschmolzene Eis und je weiter sie leckte, befreite sie einen schönen starken Mann, der schließlich aus dem Eis zum Vorschein kam. Und dieser Mann zeugte mit der Frau aus dem Arm drei Söhne – Odin, Wili und We.

Das war die Geburt des ersten Göttergeschlechts.

Aber noch fehlte etwas worauf man leben konnte.

Die drei Brüder erschlugen zuerst den Riesen Ymir. Wie sie so mächtig auf ihn einschlugen, floss das Blut und es floss und floss und wurde zum Meer. Aus seinem Leichnam formten sie unsere Erde. Aus den Haaren bildeten sie Bäume, seine Knochen wurden Berge, die Zähne wurden Felsen. Die Hirnschale wölbten sie als Himmel darüber und warfen das flockige Gehirn als Wolken zu ihm empor. Dann fingen sie Feuerfunken ein, die, von ich weiß nicht woher, angesprüht kamen und setzten sie als Gestirne an den Himmel. Die Wimpern des toten Riesen wurden als Zaun um die Erde gestellt, zum Schutz gegen feindliche Eindringlinge. Aus den Maden, die sich mittlerweile in der Leiche gebildet hatten, formten sie eine Menge Zwerge. Vier davon setzten sie unter das Gewölbe, damit der Himmel nicht einstürzen konnte.

Natürlich darf man diese unglaubliche Geschichte nicht als Glaubenslehre betrachten. Man darf sich nur wundern über einen solchen Unsinn, den sich die Seherin da ausgedacht hatte.

Die Erde wurde hier also bereits mit Blut gezeugt und sie wird fortan, immer und immer wieder, solange sie besteht, mit Menschenblut getränkt werden. Und kein Gesetz wird das je ändern können, das ist leider so.

Eines Tages gingen die drei Brüder am Meeresstrand entlang, da entdeckten sie zwei Baumstämme. Und aus ihnen schufen sie das erste Menschenpaar.

Den Mann nannten sie Ask und die Frau Embla.

Odin blieb allein in dieser Gegend zurück, seine Brüder zogen in ein anderes Land; man hat nie mehr etwas von ihnen gehört.

Dieser Odin war schon ein besonderer Gott. Wenn er gerade nichts zu tun hatte, thronte er in den Baumwipfeln auf seinem Hochsitz, mit zwei Raben auf den Schultern. Seine beiden Späher, die er jeden Morgen rund um die Welt schickte, damit sie ihm berichteten was so alles los sei. Viele eigenartige Geschichten erzählte man sich von ihm. Er war sehr wissbegierig. Einmal wollte er wissen, wie das Sterben, der Übergang zum Tod, sei. Dazu durchbohrte er sich mit seinem Speer, hoch oben auf einem Baumgipfel. Aber es passierte nichts, außer dass er Todesqualen litt – noch war er unsterblich.

Einem Riesen, der den Brunnen der Weisheit hütete, zahlte er einmal, da er daraus trinken wollte, einen hohen Preis. Er gab ihm eines seiner Augen dafür. Seitdem sah man ihn als Einäugigen auf seinem Ross durch die Lüfte reiten, begleitet von seinen zwei Raben.

Sehr gerne ging Odin auf Wanderschaft, etwa als Handwerksbursche verkleidet. Eines Tages erzählte man ihm von einem köstlichen Met, der aus dem Blut eines Zwerges gebraut war und durch den man die Gabe der Dichtkunst bekam. Ein Riese, so sagte man ihm, bewahre diesen kostbaren Trank in einem Felsen auf, der von seiner Tochter streng bewacht werde.

Als Odin in das Reich des Riesen kam, mähten eben neun seiner Knechte mit schlecht schneidenden Sensen eine Wiese. Odin zog einen Wetzstein aus seinem Rucksack und schärfte sie, dann schleuderte er den Stein, nach dem sie ganz verrückt schienen, hoch in die Luft. Die Neun gerieten in einen furchtbaren Streit untereinander und erschlugen sich dabei gegenseitig.

Odin verdingte sich inkognito bei dem Riesen, als Ersatz für die neun toten Knechte. Nach der Ernte erbat er sich einen Schluck von dem Wundermet, den ihm der geizige

Riese verweigerte. Darauf schlich er nachts zu dem Felsen, in dem der Met versteckt war. Er bohrte darein ein Loch, verwandelte sich in eine Schlange und schlüpfte durch. Auf einem goldenen Sessel fand er die Tochter des Riesen. Bei ihr standen drei Kessel gefüllt mit dem köstlichen Met. Durch ein Eheversprechen erwarb Odin die Gunst des Mädchens. Drei Tage und drei Nächte blieb er bei ihr im Felsen. Das Mädchen erlaubte ihm, drei Züge von dem Met zu nehmen. Mit jedem Zug leerte der sauflustige Gott einen ganzen Kessel. Dann machte er sich, diebisch freuend, sein Eheversprechen missachtend, schleunigst auf die Socken. Als Adler verkleidet flog er von dannen.

Zur selben Zeit herrschten noch einige andere Göttergeschlechter in den nördlichen Breiten, mit denen Odin eines Tages in heftigen Streit geriet. Ein ungeheures Morden fing an. Schlachten rasten über das ganze Gefilde, Wolken krachten, als würde der Himmel bersten, so steht es jedenfalls in den Schriften.

Neue Völker entstanden, neue Geschlechter und neue Helden, allen wurde der Kampf zur Gewohnheit.

Gewaltig war der Atem der alten Heldenzeit. Gewaltig ihre Schlachten, die in den Sagen und Liedern weiterleben – die Goten, Burgunder, Franken, Sachsen, Langobarden und die Dänen.

Mit ihren großen Helden, Sigurd dem Drachentöter, dem Kämpen Starkad, von Walther bis zu Dietrich von Bern. Den Nibelungen mit Siegfried, Gunther, Hagen und Dankwart. Furchtlose Helden, die lachend dem Tod ins Auge sahen, im ewigen Kampfe lebend.

Wie Blitze schossen sie ihre Pfeile. Sie ritten, Schwerter schwingend, auf ihren Rossen, Feinde sanken unter ihren Schildern. Hiebe und Stöße krachten, Köpfe rollten.

Lagen dann alle erschlagen in ihrem Blute, kamen Odins Walküren und suchten für ihren Gebieter die Tapfersten aus.

„Wir haben schön gekämpft", sagte ein Kämpfer zu seinem sterbenden Bruder, „wie Adler stehen wir auf den Leichen unserer erschlagenen Feinde."

Und dann tranken die Überlebenden eine Unmenge Wein aus riesigen Bechern und träumten von neuen Schlachten.

Und das Morden und Erschlagen nahm kein Ende. Plündernd und brennend zogen die Horden durch die Lande.

... Dann kamen neue Könige und führten neue Kriege.

... Dann vertrieb man die Könige und es kamen die selbsternannten Diktatoren und führten wieder Kriege.

Als die Welt ausgeblutet war, kam die große Schar der Politiker, als Vertreter des Volkes gewählt.

Und die Politiker predigten von Industrialisierung, von ständigem Wachstum und Fortschritt. Jedes Jahr neues Wachstum und Fortschritt ... Jahrzehnte lang ... Hundert Jahre lang Fortschritt.

Dann sagten sie: „Wir müssen einen neuen Menschen erfinden, denn der alte passt nicht mehr in diese Welt."

Und sie entwickelten in ihren Labors den neuen Menschen.

Und die neuen Menschen sagten: „Wir brauchen einen neuen Gott, denn der alte passt nicht mehr in diese Welt."

...

In der Hölle

Noch heute, nach so vielen Jahrzehnten, stellt sich das deutsche Volk die Frage:
„Wie ist es möglich, dass von 42 geplanten Attentaten auf den damaligen Reichskanzler Adolf Hitler, den größten Massenmörder aller Zeiten, die nachweislich registriert wurden, kein Einziges sein Ziel erreichte?"
Gewiss, nicht jeder dieser Versuche war ein von Experten geplantes Unternehmen.
Zu viele Emotionen begünstigten des Öfteren den Faktor Zufall.
Denkt man z.b. an den Anschlag dieses Einzelnen im November 1939 im Münchener Bürgerbräukeller sowie an den, von langer Hand, von hohen Deutschen Offizieren vorbereiteten Putsch, das Attentat am 20. Juli 1944, so wirkt der Begriff Zufall etwas strapaziert.

Wenn man dem Volksmund Glauben schenken darf, war der Mann mit dem Teufel im Bunde.
Wie dieses Bündnis gewesen sein könnte erzählt eine kleine Satire.

H. M. wollte nach seinem Ableben in die Hölle.
Des Menschen Wille ist sein Himmelreich und der Wille von H. M. war eben die Hölle. Er glaubte, in der Hölle endlich das tun zu können, was ihm Zeit seines Lebens verwehrt worden war. Solange er Kind war, hieß es „Das darf man nicht tun", „Putz dir die Nase", „Der Teller wird leergegessen, eher kommst du nicht vom Tisch", „Das ist Sünde, man kommt dadurch nicht in den Himmel" ...

In der Schulzeit und der anschließenden Lehre, nichts als Verbote und Strafen am laufenden Band.

Als Rekrut im Zweiten Weltkrieg befahl man ihm, seine Kumpel totzuschießen.

Dann, in der Ehe, der gleiche Zirkus wie in seiner Kinderzeit, als ob er noch nicht erwachsen wäre. „Zieh dich ordentlich an", „Putz dir die Nase", „Plärr nicht so", „Du gehst mir heute nicht aus", „Trink nicht so viel", „Fauler Sack", „Her mit dem Geld".

Nachdem seine „innigstgeliebte Frau", wie es in der Todesanzeige zu lesen war, vor einigen Jahren die Erde verlassen hatte, und H. M. sein Ende nahen fühlte, glaubte er, im Jenseits nur in der Hölle „endlich leben zu können" – losgelöst vom irdischen Sklavendasein.

In der Hölle gibt es keine Sünde.

Als er im Höllenvorzimmer, einem dunklen, verrußten, übel riechenden Raum an der Rezeption stand, fragte ihn der Vorsteher, der unangenehm nach Knoblauch stank: „Warum willst du denn in die Hölle?"

Er blätterte dabei mit seinen Gichtfingern in der H. M.-Akte.

„Du hast auf Erden nichts Unrechtes getan, hier kannst du genau so wenig Unrechtes tun, bei uns ist alles recht. Du kannst deine Frau nicht betrügen, es ist legal. Seelen kann man nicht morden. Dubiose Geldgeschäfte, Bankeinbrüche, nichts dergleichen. Deswegen ist es ja die Hölle. Du stehst auch nicht auf unserer Wunschliste, ebenso wenig hast du zur Reduzierung der Menschheit beigetragen. So einfach ist das nicht. Wir brauchen Taten. Du hast absolut nichts vorzuweisen."

Er blätterte weiter in der H. M.-Akte.

„Nichts, aber auch gar nichts steht hier vermerkt, was für deine Einweisung in die Hölle reichen könnte.

Es findet sich bestimmt auch kein Fürsprecher in unserem Höllenabteil, der für dich bürgen könnte. Davon bin ich überzeugt."

Der Vorsteher hatte menschliche Züge, mit ihm konnte man reden, was an seinem Knoblauchgestank zu erkennen war.

So versuchte es H. M.: „Ich habe einmal meinen Nachbarn, Bruno N., zum Teufel gewünscht, bald darauf ist er gestorben, vielleicht könnte der ..."

„Mein Teufel!*, das ist ein Bagatellfall, so was reicht bei Weitem nicht aus. Irgendetwas Großes muss man schon auf dem Kerbholz haben, muss ja nicht jeder gleich ein Hitler sein.

Der ist hier unten natürlich unser Superstar. Zig Millionen Tote in den paar Jahren, so was kommt nicht mehr wieder, das war schon einmalig in eurer Weltgeschichte.

Obwohl der Mann von Politik und Kriegsführung gerade mal soviel Ahnung hatte wie ein durchschnittlicher Zeitungsleser. Wenn der heute bei uns eine Rede hält, spielt sogar unser Höllenfeuer verrückt. Sein Buch ‚Mein Kampf' ist hier nach wie vor ein Bestseller."

Der Vorsteher geriet immer mehr ins Schwärmen.

„War schon eine Menge Arbeit, den Mann so lange am Leben zu erhalten."

Dabei schaute er zu Luzifer, der etwas abseits an einem Schreibtisch saß und mit seinem Computer im Internet surfte.

Luzifer grinste übers ganze Gesicht, dass man seine Zahnlücken zählen konnte.

„Solltest mal wieder zum Zahnarzt gehen", meinte beiläufig der Vorsteher.

---

* Ausruf in der Hölle für „Mein Gott"

„Haben kürzlich einen Topmann reinbekommen, ein Genie. Hatte jahrelang die Krankenkassen an der Nase rumgeführt, dabei mächtig verdient.

Er beißt sich in letzter Zeit im Einsatz dort oben häufig die Zähne aus, es geht nicht mehr so wie früher, zu viele Kontrollen", bemerkte der Vorsteher zu H. M. gewandt.

„Bei Hitler war das anders, er war ständig von Gleichgesinnten abgeschirmt. War schon genial, wie Luzifer das hingekriegt hatte, damals im November 1939, im Bürgerbräukeller. Als der Sprengkörper schon montiert war und er während Hitlers Anwesenheit, mittels eines genau eingestellten Zeitschalters, den Mann schon frühzeitig zu uns hätte befördern sollen. Wirklich genial.

Luzifer schüttete ein kleines Pülverchen in Hitlers Maßkrug. Hitler musste zehn Minuten früher als geplant den Saal verlassen. Der Führer saß weit abseits auf dem Klo, das Pülverchen hatte seine Wirkung gezeigt, und die Bombe machte ‚PENG‘.

So steht es natürlich nicht in den Geschichtsbüchern.

42 Mal musste Luzifer einspringen, um den Mann am Leben zu erhalten, damit er für uns der Größte wird.

1943 war es wieder ein Meisterstück Luzifers, die Sprengladung zu entschärfen, die unter dem Sitz von Hitlers Privatflugzeug montiert war.

Hitler saß bereits angeschnallt im Flugzeug. Na, und was tat Luzi, damit er an den Sprengsatz gelangte? Er blockierte den Propeller. Der Pilot verfluchte den obersten Herrn mit samt seinem Sohn weil der Motor nicht ansprang und bat den Führer: ‚Geh Adolf, wirf doch mal den Propeller an!‘

Adolf kletterte aus der Kiste und warf.

So hatte Luzifer Zeit, den Zünder zu entschärfen.

Am gefährlichsten wurde es für Luzifer aber am 20. Juli 1944 im ostpreußischen Hauptquartier Hitlers, in der ‚Wolfsschanze‘.

Zuerst gelang es Luzifer mit List, die zweite vorgesehene Sprengladung zu verstecken, die Graf Stauffenberg, der Attentäter, zusätzlich in seine Mappe legen wollte, damit vom Führer auch das letzte Schnurrbarthaar verschwunden wäre.

Als dann der Graf die Aktenmappe mit der halben Sprengladung wie geplant unter den Kartentisch stellte, an dem Hitler seine Lagebesprechung abhielt, ging es für Luzifer um Minuten.

Nicht mal der Teufel konnte unbemerkt in den Raum gelangen, so hermetisch war der abgeriegelt.

Wir schickten ihm Nero, unseren Brandmeister, zu Hilfe. Der zündelt nämlich so gerne. Wenn der keine Aufgabe hat, sitzt er tagaus tagein vor dem Höllenfeuer und singt grässliche Lieder zur Laute.

Nero konnte das. Er erzeugte ein schönes Feuerchen vor den Nasen des voll bewaffneten Wachpersonals und machte aus ihnen Flüchtlinge.

Luzifer konnte nun, da er immun ist gegen Feuer, ungehindert in den Verhandlungsraum schlüpfen.

Ja, und jetzt ging es wirklich um Sekunden.

Die Mappe lag unweit von Hitler unter dem Kartentisch. Luzifer gelang es im letzten Moment, aber wirklich im allerletzten Moment, mit seinem linken Fuß die Mappe mit einem gezielten Stoß aus der Gefahrenzone zu schießen.

Luzi hatte mal Fußball gespielt, war ein gefährlicher Linksaußen. Noch im Flug der Mappe ging die Bombe los.

Einige Umstehende mussten dran glauben. Hitler kam mit ein paar Blessuren davon, er konnte weiter an seinem Endsieg arbeiten.

Unseren Luzifer hat es dabei am linken Schussbein erwischt."

Luzifer steckte sein Hinkebein unter dem Tisch hervor und grinste.

„Es war eine höllische Arbeit mit dem Mann, damit er weiterhin Europa vernichten konnte. Jetzt ist er hier, sein Mordwerk ist vollbracht. Wir haben ihm eine Frau zur Seite gestellt, auf Vorschlag von ganz oben. Die macht ihm die Hölle so richtig heiß. Seine Eva schmort ja noch Jahre."

Der Vorsteher hatte sich so richtig in eine wahre Begeisterung geredet.

Nun wandte er sich wieder seinem ungewöhnlichen Besucher zu. „Was soll ich nun mit dir anfangen?

Wir mussten zwar in der heutigen Zeit schon leichtere Fälle übernehmen, aber deine Akte … nein es geht wirklich nicht, da bekäme ich Schwierigkeiten mit der Konkurrenz.

Du bist ein Fall für oben. Versuch es doch mal bei meinem Kollegen ‚Peter'".

„Dann bin ich ja wieder in der Hölle", meinte H. M. zerknirscht.

„Dort oben im Himmel ist bestimmt meine Frau, die vor einigen Jahren gestorben ist. Dann geht derselbe Zirkus wieder von Neuem los. Das halte ich nicht mehr aus!"

Sichtlich geknickt und enttäuscht wandte sich H. M. zum Gehen.

Luzifer, der der Unterhaltung schweigend zugehört hatte, sprang auf und begleitete H. M. zur Tür. Dann packte er den verzweifelten Alten beim Arm.

„Mensch, schau bloß dass du schnell wegkommst. Deine Frau ist hier – wer glaubst du denn, macht hier unten unserem Hitler die Hölle so heiß?"

Der Friedhof

Überall wo Menschen leben gibt es Friedhöfe. Das ist in allen Ländern der Erde so, das ist so alt wie die Menschheit selbst, so alt wie Feuer und Asche. Das Sterben gilt als ein Hauptwerk unseres Daseins. Man könnte glauben, das Leben sei nur deshalb erfunden, damit etwas zum Sterben da ist.

Unser Friedhof liegt abseits im Norden der Stadt. Der Weg dorthin beginnt am großen Hauptplatz. Es ist eine lange Straße, über 1000 Meter und sie endet dort, wo alles einmal endet.

Betritt der Besucher unseren Friedhof durch den Haupteingang wird er durch einen besinnlichen Spruch über dem Portal diskret und unmissverständlich darauf hingewiesen: „Bedenke dass der Tod nicht zögert!". In schöner gotischer Schrift, ohne werbewirksame Anglizismen, wie zum Beispiel „make your reservation today under www. cemetery.com!", wie es heutzutage allgemein üblich ist.

In meiner Jugendzeit stand an gleicher Stelle, mit gleicher Schrift, als tröstende Beigabe für den letzten Gang: „Wer im Leben ehrlich treu und ritterlich tut seine Pflicht, der fürchtet Tod und Teufel nicht."

Durchschreitet man das Eingangstor, steht man plötzlich in einer anderen, in einer stillen Welt. Der Verkehrslärm verebbt hinter den dicken Mauern. Spürbare Ruhe legt sich still und beschaulich auf den Besucher. Die Hast des Alltags scheint vergessen, der Schritt wird langsam, wird bedächtig. Man steht in einer „Fußgängerzone", die einzige in unserer Stadt (wie lange noch?). Keine Strafzettel schreibende Stadtpolitesse, deren einzige Tätigkeit es ist, sich unbeliebt zu machen, zwängt sich verbissen durch die Grabsteine, um Ausschau nach armen Sündern zu halten. Man ist mit sich und den stumm unter der Erde Liegenden allein.

Ein Heer von Steinen in allen Größen, stramm ausgerichtet in Reih und Glied, wie mit dem Lineal gezogen, zur Parade angetreten, mit Inhaltsangabe, prägen das Bild dieser Oase der Ruhe. Zeugen einer Zweiklassengesellschaft, die hier auch nach dem Tod ihre Blüten treibt. Vom pompösen Familiengrab bis zum schlichten Stein und einer mit viel Liebe und schlechtem Gewissen gesteckten Blumenschau, das ganze Jahr über (bei freiem Eintritt)! Dazwischen aufgekieste Wege, mal eng, mal zu eng, mal etwas weiter.

An der Westseite des Friedhofs, etwas erhöht, die „St. Andreas Kirche", dem Schutzheiligen der Fischer und Metzger geweiht. Beliebt auch als rühriger Vermittler und Fürsprecher bei Heiratswünschen und Kindersegen, was wiederum für eine erhöhte Belebung auf dem Friedhof sorgen dürfte.

An der Chornordseite ist ein kleiner Karner eingebaut, mit Totenschädeln, auf deren Stirnbein mit schwarzer Stempelfarbe der Name des einstigen Besitzers gedruckt ist. Man könnte ihn sonst kaum noch erkennen.

In der Mitte des Friedhofs, auf einem freien Platz, ein großes, weithin sichtbares Holzkreuz, daran ein steinfarbener Heiland mit einem goldenen Lendenschurz.

In einer seiner „Kleinen Schriften" schrieb der Dichter Alfred Polgar im Angesicht eines Kreuzes: „Wenn im Jahre 33 nach Christi Geburt in Jerusalem nicht Kreuzigen sondern Hängen die Methode gewesen wäre, hätte man überall in den Kirchen, auf den Fluren, in den Räumen frommer Christen sowie in den Friedhöfen ‚Galgen‘ statt Kreuze."

In meiner Fantasie sehe ich diesen kreuzbeladenen Friedhof voller Stangen mit Quer- und Schrägbalken. Ob man sich daran gewöhnt hätte? Mit Strick und Schlinge? Ach nein! ... Das nun nicht!

Auf demselben Platz steht ein schlichtes Leichenhaus mit einer noch schlichteren Aussegnungshalle aus neuerer Zeit. Eine Poststation mit Warenannahme und Auslieferung des Frachtgutes, während die unsterbliche Seele, die bereits nach oben ins Jenseits entflohen ist, von dort die Zeremonie unten mit großer Neugier und Interesse verfolgt.

Den Vorgängerbau des Leichenhauses zierte damals an der Südseite noch ein Sichtfenster, hinter dem die Toten, von zwei brennenden Kerzen gerahmt und ohne ihr Einverständnis zu erfragen, zur Schau gestellt wurden.

Links, entlang der Mauer, eine Versammlung hoher Steine. Auf einem Grabstein thront ein Engel ... nein, eine Maria. Eine stilisierte Maria in jungen Jahren, aus Bronze. Ein langes Kopftuch umschlingt ihre Gestalt. Warm und sanft ihr Blick. Der rechte Arm, mit gestrecktem Zeigefinger, vielsagend zum Himmel weisend, während der linke Arm, einer Aufforderung gleichkommend, zum Grabe zeigt als Brücke zur Ewigkeit. „Hier ruht in Frieden" eine große Persönlichkeit mit seiner Gattin. Apotheker, Bürgermeister, Inhaber des Verdienstkreuzes und der Kriegsdenkmünze (so steht es in den Stein gemeißelt). Friede seiner Asche.

Eine „Marktschreiberstochter" im nächsten Grab, gefolgt von einer „Notarsgattin". Ein „Musikmeister mit seiner Musikmeistersgattin".

Auf einem Stein ein marmorner Engel mit einer Schürze, gefüllt mit Kurzwaren. – Warum haben Engel Flügel? Unterliegen sie denn dem Gesetz der Schwerkraft? Sind sie ohne irdische Mechanik nicht fortbewegungsfähig? – Im Grab ruht, in Gott, ein „Kaufmann mit seiner Kaufmannsgattin". Einige Schritte weiter ruhen eine „wohlgeborene Jungfrau und ein tugendreicher Jüngling". – Ein Engel aus Stein (wie aus einem Gemälde von Anselm Feuerbach). – Hier harrt der Auferstehung eine ehrengeachtete „Hausbesitzersgattin". Einige Gräber entfernt ruht eine „Privatiersgattin". Große Inschriften aus einer anderen Zeit, für die Nachwelt gesetzt. Einen „allzu früh Dahingegangenen" bedeckt die nächste Erde. Dazwischen ein vergessenes Grab. Eine alte Frau quält sich mit schmerzverzerrtem Gesicht, in gebückter Haltung, die aufgekieste Grabumrandung akribisch von einigen unerlaubt gesprossenen Grasspitzen zu befreien. Sie muss ihre beiden Hände gegen die Knie drücken, um wieder hochzukommen. Es ist Frühling, zwei Frauen pflanzen Vergissmeinnicht.

Viele liegen hier, die ich gekannt, an jedem zweiten Grab werden Erinnerungen wach, grüßen mich die Namen der Verstorbenen, die mit erhabener Schrift in den Stein gemeißelt und mit Gold belegt.

„Benno Lang", lese ich. Ein kleiner, fester, etwas tollpatschig wirkender, überaus gutmütiger und humorvoller Pädagoge. Verheiratet und kinderlos. Seine liebe Frau aus einem anderen Ort stammend. „Wenn einer von uns einmal sterben sollte", sagte sie eines Tages zu ihm, „gehe ich zurück in meine alte Heimat". Sie ist aber dann doch geblieben.

Ich stehe vor dem Grab meines Jugendfreundes. Als das Leben für ihn anfing, war es auch schon zu Ende. Mit 18 Jahren, 3 Monaten und 2 Tagen, legte man ihn hier zur letzten Ruhe. Er wollte noch nicht ruhen.

Der Leichtsinn, die Lebensfreude, die besonders bei der Jugend zu finden sind, standen zu deutlich in seinem Gesicht geschrieben. Diabetiker seit frühester Jugend, nahm er die Verbote, die ihm diese Krankheit diktierte, viel zu wenig ernst.

Wie war das damals? 48 Jahre sind seitdem vergangen. Am letzten Osterfeiertag auf dem Nebelhorn bei Oberstdorf. Wir schulterten unsere Schi, Helmut war mit dabei, und bestiegen einen von Schifahrern unberührten Hang, um im Tiefschnee abzufahren. Unter einer Neuschneedecke lag eine feste Harschschicht, mit der die pulvrige Neuschneeauflage keine Bindung bekam und dadurch eine hohe Rutschgefahr aufwies.

Ich höre noch seinen Hilfeschrei, als er, unfähig Halt zu finden, an mir vorbeirutschte und mit einer Staublawine, die er dabei auslöste, über eine Wandklippe abstürzte. Der tiefe Schnee linderte seinen Aufprall, sodass nur schwere Prellungen erkennbar waren. Doch Tage später, als sein Blutzuckerspiegel durch den erlittenen Schock in irreparable Grenzen stürzte, trug man ihn tot aus dem Krankenhaus.

Zwei Frauen an einem Kranz geschmückten, frischen Grab loben die Predigt bei der Totenmesse.

„Schön hat er gesprochen, der Herr Pfarrer!"

Ich denke dabei an die ewig langen Reden, die in früheren Zeiten am offenen Grab unumgänglich waren. Immer ein gutes Abgangszeugnis für den Verblichenen.

Oberlehrer „Josef Brückl". Ein schlichtes Grab für eine Persönlichkeit unserer Stadt. Nach dem Zweiten Weltkrieg einige Jahre zweiter Bürgermeister. Ein großer, stattlicher Mann. Sitte und Moral waren für ihn oberstes Gebot. Für Wesensfremdes nicht zugänglich. Er repräsentierte ein Stück deutscher Kultur. Edler Charakter, feste Gesinnung. Deutsch bis in die Zehenspitzen. Aktiv im geselligen Leben der Stadt eingebunden. Langjähriger Vorstand der Liedertafel sowie in manch anderen Vereinen und Vereinigungen mitwirkend.

Meine erste Begegnung mit ihm als zweiter Bürgermeister war, als er die Aufgabe hatte, nach dem Zusammenbruch wieder eine „Freiwillige Feuerwehr" auf die Beine zu stellen. Nach einem Werbungsgespräch, zu dem er alle jungen Burschen schriftlich geladen hatte, erfuhr er von einem Hausbesitz meiner Eltern.

Sein kurzer Kommentar: „Wos! ... A Haus habts dahoam!? Dann muaßt zur Freiwilligen Feuerwehr gehn!"

Diese bedingungslose Unterbreitung hörte auch eines Tages ein Junglehrer der hierher versetzt wurde. Unmissverständlich erklärte er diesem Kollegen: „Zu zwoa Vereinen muaßt hier dazuagehn, des ist de Liadatofe (Liedertafel) und da Emtevau (MTV, Männerturnverein).

Den schwarzen Trauerbandwurm, der sich in früheren Jahren nach der Totenmesse in der Pfarrkirche für privilegierte Persönlichkeiten der Stadt durch die Ingolstädter Straße schlängelte, gibt es schon lange nicht mehr.

Vorneweg marschierte damals eine Blaskapelle, gefolgt von Pfarrer und Ministranten. Dahinter die trauernden Hinterbliebenen. Die Frauen, das Gesicht mit einem Trauerschleier unsichtbar gemacht. Die Herren mit auf Halbmast gesenkten Köpfen. Gefolgt von dem Zug der Anteil nehmenden Bürger, dessen Länge durch den Bekanntheitsgrad des Verblichenen bestimmt wurde.

Passanten hielten inne, Männer nahmen ihren Hut vom Kopf als der Zug andächtig im Rhythmus der Marschmusik vorbeizog.

Beim anschließenden Leichenmahl in einem Gasthausnebenzimmer, bei Schweinsbraten und Freibier, spülte man sich den letzten verbliebenen Rest Trauer aus dem Bauch. Neueste Witze machten die Runde. Ein Prosit dem Dahingegangenen. „Des wenn er miterlebt hät, wia zünftig sei Leich ist – des hät eam a gfoin!"

Ein Rondell, von Hainbuchen gesäumt, öffnet sich. Der Soldatenfriedhof.

Die letzten Toten des Zweiten Weltkriegs. Viele kaum älter als 17, 18 Jahre. Kinder noch, die wenige Tage vor dem Ende des Gemetzels, in der Nähe der Stadt, von fanatischen Vorgesetzten in den Tod getrieben wurden. 176 Tote, die Geschichte geworden sind, auf die sie gerne verzichtet hätte.

Steinfließen mit Namen, mit Geburt und Tod. Eine in die Erde zementierte Erinnerung an Hitlers letzten Schlachtviehtransport, getränkt mit den Tränen ihrer Mütter.

Warum? Wofür noch?

Für einige Größenwahnsinnige, die zum letzten Mal die Macht ihrer Uniform, die Macht ihrer Befehlsgewalt auskosten wollten. Und die später ungestraft, mit reinem

Gewissen unter uns lebten und leben – „Wir haben nur unsere Pflicht getan!"

Die folgenden Generationen werden nur noch die Jahreszahlen in Erinnerung behalten. Zu viele Kriege hat die Erde schon verkraftet.

So ist das Leben! Wenn es der Menschheit wieder mal zu eng werden sollte, fällt sie wie verrückt übereinander her. Dann übersiedeln in kurzer Zeit 50 Millionen, wie im Zweiten Weltkrieg, für immer unter die Erde.

„Fern der Heimat ruht!", steht in einen Stein gemeißelt. Er fand den Heldentod durch Absturz beim Einfliegen einer schweren Kampfmaschine (mit 22 Jahren). Jahre später folgte ihm sein älterer Bruder an der Ostfront.

„Gott hat gerufen!", lese ich auf einem Stein, und „Gott rief zur Ruhe!", auf dem nächsten. Dazwischen ein frisches Grab mit Sterbekranz, mit Kränzen und Blumen bedeckt.

Hier ruht in Frieden „Franz Throner". Einst Inhaber eines Lebensmittelgeschäftes in der Moosburger Straße. Ja, so etwas gab es! Ein leidenschaftlicher Fischer, bekannt für seine Schlagfertigkeit.

Eine kleine Anekdote, die man sich erzählte, fällt mir ein.

Auf der Ilmbrücke hatte Franz Throner seine Angelschnur ins Wasser geworfen. Es gesellte sich der Bäckereibesitzer Heinrich Wagenknecht dazu.

Wagenknecht: „Beißt koana o?"

Throner: „Nein"

Wagenknecht: „Wos hams für an Köder?"

Throner: „Wagenknechtbrot!"

„Bertram Pesch", lese ich. Mit einer Sammlung alter abgegriffener Bücher betrieb er nach Kriegsende eine kleine Leihbücherei in der Frauenstraße. Sie sahen sehr abgenützt aus, diese Bücher, besonders die Abenteuerromane von Karl May und den anderen, die ich damals leidenschaftlich verschlang. Als die Dramatik im Roman ihren Höhepunkt erreichte, fehlte zu meinem Ärger meistens die nächste Seite.

Poesie in Stein geschrieben:
Treu der Natur, festhängend nur der Wahrheit,
in seinem Aug das Licht der inneren Klarheit.
Gerad und unermüdlich treu im Lauf.
So kannte ihn Gott und nahm ihn liebend auf.

Gräberkultur und Sprache, die uns heute fremd anmuten, im Wandel, dem die Menschheit verfallen ist. Totenkult mit Blumen, Grabschmuck, Denkmälern als natürliche Antwort auf den Verlust eines geliebten Menschen. Mit dem so mancher Erdenbürger am Grab besser sprechen, sich austauschen und über seine Sorgen beraten kann, als es zu Lebzeiten der Fall gewesen ist.

So manchen Alten sind die Toten gegenwärtiger und lebendiger als die meisten Zeitgenossen. Sie gehören zu ihrem Leben wie einst.

Dafür sprechen sie, die Blumen. Gut gepflegt, frisch, kräftig. Stiefmütterchen in gelb, blau, weiß ... Augen rechts ... Blick zur Sonne. Es ist Frühling! Primeln in allen Farben, Ostergruß, Märzenbecher. Man könnte glauben, ein Wettbewerb steht an.

Ein Grab nebenan hat den Frühling verschlafen, erinnert noch an Allerheiligen. Den Tag, an dem die christliche Welt fälschlicherweise, da der folgende Tag, der Allerseelentag seit dem Jahr 1000 dafür vorgesehen wäre, die Gräber ihrer verstorbenen Angehörigen besucht und für die armen Seelen im Fegefeuer betet, damit ihre Schuld abgetragen, damit der Engel des Trostes recht bald zu ihnen herabsteige und die Aussöhnung der göttlichen Gerechtigkeit verkünde. In dieser Nacht kehren die Seelen auf die Erde zurück. Dafür werden die Gräber auf Hochglanz gebracht. Ein Licht wird entzündet, damit die armen Seelen etwas sehen.

In früheren Zeiten legte man Speise und Trank dazu. Das macht man heute nicht mehr, es hat sich nicht bewärt.

Weitere vertraute Namen: Erinnerungen ..., Vergangenheit ..., Gegenwart, in einem Heer von Steinen für die Nachwelt bewahrt.

Sie alle, die darunter liegen, harren der Auferstehung am Ende der Welt.

Wie viele Tote birgt diese gebeutelte Erde, die hier über 200 Jahre bereits gewendet, gehoben, gefüllt wurde?

„Eine gute Frage ...!", meinte ein dafür zuständiger Rat der Stadt.

Wie da so allmählich alle hinwegschwinden und man am Ende weit mehr Nahe und Nächste drüben hat als hier, wird man unversehens selber auf dies Drüben neugierig und verlernt die Scheu, die der noch fester Umbaute davor hat.

Hermann Hesse

Ein ganz normaler Tag im Jahre 1944

> Zwei Menschen sprachen miteinander.
> Na, wie ist es?
> Ziemlich schlecht.
> Wieviel haben sie noch?
> Wenn es gut geht: viertausend.
> Wieviel können sie mir geben?
> Höchstens achthundert.
> Die gehen drauf.
> Also tausend.
> Danke.
> Die beiden Männer gingen auseinander.
> Sie sprachen von Menschen.
> Es waren Generäle.
> Es war Krieg.
>
> Wolfgang Borchert

Freitagmorgen:

In der Bäckerei Seidel am Adolf-Hitler-Platz.

„Grüß Go ... oh, Heil Hitler, Frau Seidel – dass ich das nie lerne."

„Heil Hitler! Frau Burger."

Frau Burger überfliegt ihre restlichen Lebensmittelmarken, die sie wie einen Lotteriegewinn in der Hand hält; 200 Gramm Roggenbrot der Rest.

„In sechs Tagen gibt es wieder neue Marken, Frau Burger."

„Ja, bis dahin muss es eben reichen, jeden Tag eine dünne Scheibe. Nächste Woche freu ich mich wieder auf ein Butterbrot."

Im Brotladen hängt ein Plakat mit einer übergroßen, schwarzen, lauschenden Gestalt an der Wand. „Vorsicht Feind hört mit." Angebracht auf Befehl des Kreisleiters.

„Man darf ja nichts sagen, Frau Seidel", mit Blick auf das Plakat. Frau Burgers Stimme klingt leer. Sie sind allein im Laden.

„Wie geht es ihrem Sohn, Frau Burger, haben sie endlich Nachricht bekommen?"

„Leider nicht, Frau Seidel, das Warten geht weiter, Sie wissen ja wie das ist, haben selbst einen Sohn an der Front. Wir warten nur noch auf Briefe, auf ein Lebenszeichen und wissen, wenn einer gekommen ist, kann der Absender bereits tot sein.

Wir warten und hoffen, und hoffen dass nicht der andere Brief kommt, der ganz andere, der Brief ohne Lebenszeichen. ‚... In tapferer Pflichterfüllung für Führer und Vaterland'. Führer steht zuerst. Zwei davon habe ich bereits.

Ach, denken Sie, Frau Seidel, das habe ich Ihnen noch gar nicht erzählt. So wenig kommt man heutzutage zum Bäcker. Etwas Erfreuliches in dieser elenden Zeit. Denken Sie, wir haben was Kleines bekommen, einen Sohn. Er hat die gleichen Augen wie Herbert.

Helga hat ihm sofort das freudige Ereignis geschrieben.

Ob er wohl ankommt? Herbert ist an der Ostfront.

Ob er noch gesund ist? An das andere mag man gar nicht denken.

Herbert hat sich so sehr einen Sohn gewünscht.

Helga braucht jetzt nicht mehr Fabrikarbeit leisten, muss nicht mehr Granaten füllen für neue Schlachten.

Frau Seidel, haben sie von Werner etwas gehört?"

„Wir haben", Frau Seidel strahlt. „Werner hat es am Bein erwischt, er hat geschrieben." Ganz leise spricht sie. Der schwarze Lauscher auf dem Plakat ...

„Einen ‚Heimatschuss‚ wir sind so glücklich; er kommt in ein Heimatlazarett, ganz in unserer Nähe. Wir sind so froh, es konnte ihm nichts Besseres passieren. Bis er wieder auf den Beinen ist, ist hoffentlich der verd... Krieg zu Ende.“

Freitagmittag:

Im Gefechtsstand an der Ostfront, Nähe Sosnowiec. Hauptmann Wallner hebt den knarrenden Hörer vom Feldtelefon.

„Herr Major?“

„Herr Hauptmann wie ist die Lage?“

„Aussichtslos Herr Major, ... Verpflegung ... Munition kommt nicht durch, wir sind abgeschnitten ... zu viele Verluste ... noch 62 Mann ...!“

„Herr Hauptmann! Heute bei Dunkelheit Rückzug zur Einheit, möglichst ohne Verluste!“

„Jawohl Herr Major!“

„Viel Glück Herr Hauptmann ...!“

„Danke Herr Major.“

Zu seinem Gefreiten: „Burger, lösen sie Fritz von der Wache ab. Heute Abend machen wir den Laden hier dicht! Befehl vom Herrn Major.

Es reicht uns, wir machen nicht mehr mit.

Wär doch schön, was Burger, wenn man das sagen könnte! Hätten aber ein Paar was dagegen.

Vorsicht Burger, Scharfschützen ...!“

Im Schützengraben:

„Fritz, heute Abend haun wir ab, wieder ein paar Meter Richtung Heimat. Nimm Abschied von diesem verfluchten Graben.“

„Du Träumer du! Denen da drüben wird das aber nicht passen.

Seit Monaten nehmen wir ständig Abschied, vielleicht Abschied für immer. Wir sind Granatlochhüpfer geworden, auf dem Weg zurück zur Heimat. Von einem Loch zum andern, dazwischen lauert der Tod. Der nächste Morgen, der hinter unseren Totenhügeln und Ruinen aufgeht, kann der letzte Morgen sein.

Zu viele tote Kameraden trugen wir bereits auf unseren abgemagerten Schultern. Jetzt lassen wir sie liegen, wo sie der Tod überraschte. Wir müssen sie liegen lassen wie faules Obst, sonst erreichen wir das nächste Granatloch nicht. Wir müssen sie liegen lassen, ohne Salut, ohne Abschied zu nehmen, ohne Tränen zu vergießen. Die müssen ganz allein die zu Hause weinen, die Witwen, die Weisen, die Geschwister, die Mütter.

Wir haben keine Zeit, sonst erreichen wir das nächste Granatloch nicht.

Denn dazwischen haust der Tod. Er ist fett geworden der Tod. Sein Geschäft geht gut."

Fritz hustet, spuckt den Schleim aus seiner Kehle. „Nicht mal Schnaps bekommt man, damit man den Rest Verstand versaufen könnte.

Ich verdrück mich, hier stinkt es zu stark nach Blut und Verwesung.

Machs gut! Gib acht ... Scharfschützen ...!"

Herbert Burger denkt, heute Abend wieder einige Meter näher der Heimat.

Die letzten Zeilen von Helga.

Er hat deine Augen ... ich küsse dich ... deine Helga.

Freitagmittag:

Der Zug fährt von Ost nach West. Er fährt Richtung Heimat.

Gefüllt mit Frontsoldaten mit Urlaubsscheinen in der Tasche, den letzten Fronturlaubern vor der Totalsperre, und mit Verwundeten auf dem Weg ins Heimatlazarett.

Kurt sitzt bei Werner an der Trage.

„Mensch, hast du ein Glück! ‚Heimatschuss'! Kannst damit zu Hause bleiben bis die Scheiße vorbei ist. Lang wird es nicht mehr dauern. Ich muss nach zwei Wochen wieder raus."

Der Zug fährt von Ost nach West. Er fährt der Heimat entgegen.

Ein Dröhnen in der Luft.

Wie ein Blitz aus heiterem Himmel sind sie da. Tiefflieger ...

Ein Unteroffizier brüllt: „Raus!... Unter die Waggons...!"

Sturzflug ... Bordkanonen bellen ... Stahlregen zischt vom Himmel. Sie schrauben sich in die Luft ... drehen ... Sturzflug ... schießen ... drehen ... Sturzflug ... schießen – bis ihre Munition zu Ende.

Unter den Waggons wird es lebendig.

Werner Seidel liegt im Waggon auf seinen beiden Krücken. Blut tropft aus seiner Schädeldecke, rinnt in die Ritzen der Waggonbretter.

Freitagabend:

Gefechtsstand an der Ostfront, Nähe Sosnowiec.
62 Mann hören den Befehl Hauptmann Wallners.

„Rückzug!"
62 Gespenster robben durch die Stille der Nacht.
Ein Schuss erschreckt 62 Gespenster.
Hell bellt das erste Maschinengewehr. Weitere MGs
schließen sich an, sägen mit ihren Garben die Erdhügel.
Die 62 Gespenster rollen sich aus den Granatlöchern ...
reißen sich hoch ... rennen weiter bis zur nächsten Vertie-
fung.
Fritz stolpert in das nächste Loch. Ein Gespenst liegt be-
reits darin. Zu dunkel, um das Gesicht zu erkennen. Sein
Kopf rollt auf die Seite, als Fritz ihn berührt. Seine rechte
Hand hängt krampfhaft an der Brusttasche.
Fritz holt einen gefalteten Brief hervor, zur Identifikati-
on, steckt ihn ein.

Hauptmann Wallner fragt: „Wie viele hat's erwischt...?"
Die Gespenster zählen bis 54.
„Weiß man wer ...?"
Fritz faltet den Brief und liest den Schluss.
„Er hat deine Augen ... ich küsse dich ... deine Helga."

Freitagabend:

„Heute kommen sie aber spät", meinte Frau Burger mit
Blick auf ihre Küchenuhr, die fünf vor Zehn zeigte. Sie
nimmt den bereitstehenden kleinen Handkoffer und ver-
lässt unter dem Sirenengeheul ihre Wohnung.

Frau Burger geht heute Nacht nicht wie jede Nacht in
den Luftschutzkeller.
Frau Burger geht heute Nacht in die nahegelegene Pfarrkirche.
Sie kniet am Marienaltar.

„Mutter Gottes, bitte beschütze meinen Herbert, bring ihn mir wieder nach Hause, zwei Tote reichen. Wenn es sein muss, schicke ihm einen Heimatschuss, wie dem Werner."

Frau Burger betet, während die Bomber über die Kirche dröhnen, um ihre tödliche Last in der nahen Großstadt abzuwerfen.

„Gegrüßt seiest du Maria ..."

Frau Burger betet bis die Entwarnung sie erlöst.

Sie geht nach Hause, es ist Mitternacht, sie öffnet das Fenster, betrachtet wie jede Nacht den hellroten Lichterschein der brennenden Großstadt am Himmel.

Dann reißt sie am Kalender den gestrigen Tag ab und legt sich schlafen.

Weihnachten 1945

Das „Dritte Reich" hatte aufgehört zu existieren. Unsere Städte in Schutt und Asche, einer Wüste gleich, mit Leichen, Trümmern, Ruinen und Millionen heimatloser, hungernd umherirrender Menschen. Das Land unter fremder Herrschaft, durch eine Besatzungsmacht militärisch verwaltet. In nüchternen Zahlen ausgedrückt, waren die Opfer dieses Wahnsinns über 50 Millionen Tote in Europa.

Einige Wochen vor Ende dieses Massakers erklärte Adolf Hitler, der Urheber dieser sinnlosen Massenmorde, nachdem er endlich begriff, dass er seinen Krieg verloren hatte: „Das deutsche Volk hat sich als das Schwächere erwiesen. Was nach diesem Kampf übrig bleibt, sind ohnehin nur die Minderwertigen."

Diese übrig gebliebenen Minderwertigen, diese erschöpfte Restbevölkerung belastete in den ersten Nachkriegsjahren zusätzlich eine hohe Arbeitslosigkeit. Das Volk verarmte weiter. Es reichte gerade noch so, um am Leben zu bleiben. Und dieses „am Leben bleiben" war auch die erste Bürgerpflicht nach dem Zusammenbruch.

Für diese Generation ohne Illusionen, ohne Träume, ohne geordnete Zukunft, für unsere Väter, für unsere Mütter ist es berechtigt, sich die Frage zu stellen, was ist das eigentlich was wir Leben nennen, am Leben bleiben, das, zwischen Geburt und Tod? Gibt es noch etwas anderes als Krieg, als Not und Elend? Man hatte es bereits vergessen oder noch nicht erlebt, das „andere Leben".

Der Erste Weltkrieg, den sie im Kindesalter erdulden mussten. Der Zweite Weltkrieg. Die Last der Qualen, Entbehrungen, Hunger und Tod nun in Verantwortung auf ihren Schultern tragend.

Sie mussten sich diesem Schicksal ergeben, es gab kein Handeln, sie konnten nur blindlings gehorchen oder am Widerstand zugrunde gehen. Zu kurz waren die wenigen besseren Jahre dazwischen, um in Erinnerung zu bleiben. Was gibt es denn noch dazwischen, zwischen Geburt und Tod? Vielleicht ein bisschen Glaube, ein wenig Hoffnung, Liebe – oder ist das schon zuviel verlangt?

Überall auf der Welt leben Menschen und sehnen sich nach ein wenig Glück, nach Liebe und Zufriedenheit. Nur die hohe Politik hat zu oft etwas dagegen.

Es war Dezember geworden.

Die Vergangenheit lag unter einer dicken weißen Schneedecke begraben, die unser Land in unschuldiger Reinheit erstrahlen ließ. Die Dächer, die Zaunpfosten trugen weiße Häubchen. Die Zweige der Nadelbäume berührten unter ihrer Schneelast den Boden, alles glich einer Märchenlandschaft.

Es war bitterkalt. Der eisige Ostwind trieb die Kälte und die Not in unsere Wohnungen, die der Kohleofen mit dem besonderen Weihnachtsgeschenk von einem Zentner Kohlen, das jeder Haushalt auf Bezugschein zugeteilt bekam, notdürftig zu erwärmen versuchte.

Ein Weihnachtsfest in „Frieden" stand vor der Tür. Man konnte es nicht so recht glauben, zu schwer lag noch die Last des Vergangenen auf unseren Schultern. Sich auf etwas freuen, mussten wir erst wieder lernen.

Doch Freude kann nur aus Leid erwachsen, so, wie das Licht aus dem Dunkeln.

Weihnachten, die Geburt des Erlösers.

Es ist nicht vermessen, zu behaupten, der Erlöser ist uns bereits vor einigen Monaten wahrhaftig erschienen – in Gestalt unseres ehemaligen Feindes. Welch eine groteske Situation! Der „Feind", der uns erlöste von Vernichtung und Gewalt, von schlaflosen Bombennächten.

Der „Feind", unser Erlöser, der uns eine neue Zeitrechnung schenkte, so wie damals vor knapp zweitausend Jahren ein Kind mit Namen Jesus.

Die deutsche Wirtschaft, die Industrie, das Gewerbe waren lahmgelegt, waren zerbrochen. Entsprechend war das Angebot in den Schaufenstern unserer Städte.

Keine Spielwaren, keine Süßigkeiten, die uns in kindlich freudige Erwartung versetzen konnten. Nichts von all den Dingen die uns das Leben vergolden. Nur ab und zu einsam und verlassen eine brennende Kerze im gähnend leeren, dunklen Fensterraum, die den schwarzen Schatten ein wenig Leben einhauchte.

Der letzte Rest an Lebensmittelkarten zum Ende des Monats. Monatlich gab es pro Kopf 400 Gramm Fleisch, dazu 7,6 Kilo Brot. 400 Gramm Fett, einige Gramm Käse und Quark. 10 Kilo Kartoffeln und ein paar Liter Milch. Auf ein Ei mussten wir im Dezember verzichten. Die letzten zwei Eier gab es im November.

Vater war seit langem vermisst.

Alle Nachforschungen nach Kriegsende, über das Rote Kreuz, Befragungen von heimkehrenden Kriegsgefangenen über den Verbleib seiner Einheit, die zuletzt an der Ostfront im Einsatz war, blieben ergebnislos.

Die lange Ungewissheit malte trostlose Bilder in unserer Fantasie.

Mutter überdeckte ihre Verzweiflung, ihre Trostlosigkeit indem sie sich der Wirklichkeit stellte. Sie lebte nur noch für ihre drei unmündigen Kinder, verzichtete auf eigene Wünsche, auf eigene Bedürfnisse.

Meine Schwester Lisi mit ihren 13 Jahren und ich ein Jahr jünger, wir hatten beide bereits den Glauben an das „Geschenke bringende Christkind" verloren. Lange hatte ich es damals nicht wahrhaben wollen, als schon vor Jahren Besserwisser aus meiner Schulklasse diese nun leider erwiesene Tatsache verbreiteten. Ich wollte es nicht glauben. Ich wollte mir diesen Traum bewahren. Sodass ich aus Angst, diese für mich erschütternde Behauptung könne der Wahrheit entsprechen, meiner Mutter dazu keine Fragen stellte.

Es ist der Preis des Älterwerdens, das uns Abschied nehmen lässt von so manchen Märchen und Träumen, die unsere Kinderzeit so unsagbar glücklich gemacht haben.

Gerda, meine jüngere Schwester mit damals 3 Jahren, glaubte natürlich noch fest an das Christkind, das alle braven Kinder mit Geschenken beschert.

Tage vor dem Fest, als die Kleine abends im Bett verschwand, bastelte Mutter an einem Weihnachtsgeschenk für ihre Jüngste. Denn es gab ja kein Spielzeug zu kaufen. Es gab keine Süßigkeiten. Es war eine Zeit in der es gar nichts gab. Es sei denn, man hatte Beziehungen oder tauschte auf dem Schwarzmarkt Lebensmittel gegen Ware. Aber Lebensmittel hatten wir noch weniger.

Und das liebe Geld? Es reichte so mit Müh und Not gerade noch, um die wenigen Lebensmittelmarken einzulösen.

Aus alten gesammelten Stoff- und Wollresten, aus abgetragenen Strümpfen, schneiderte und stopfte Mutter eine Puppe. Als gelernte Schneiderin beherrschte sie das Handwerk. Ein rosa Maßkleid aus Resten eines abgelegten Nachthemdes, mit einer weißen Vorhangborte als Kragen, umhüllten den zarten Körper des Puppenkindes. Zwei dunkle Knöpfe wurden zu Augen. Beim Mund durfte ich mich beteiligen, da ich so gerne mit Pinsel und Farbe spielte.

Ich wollte sie lachend darstellen, mit einer sichtbaren Zahnlücke, wirklichkeitsnah, da unserer Gerda zurzeit ein Schneidezahn fehlte. Mutter war gänzlich dagegen. „Zähne wachsen bei Kindern wieder nach", meinte sie. „Ich kann den Zahn ja später ... erst ein klein wenig ... und dann weiter ... wachsen lassen", versuchte ich. Wir beließen es bei einem Schmollmund. Die Kleine sah wirklich süß aus.

Am Morgen des Heiligen Abends machte ich mich mit einer kleinen Säge bewaffnet auf den Weg zum nahe gelegenen Wald, um einen Christbaum zu besorgen, ohne ein schlechtes Gewissen dabei zu verspüren. In dieser Überlebenszeit nannte man so etwas „organisieren".

Wir schmückten das kleine Bäumchen, das ich mit nach Hause brachte, mit unseren schönen, glänzenden, roten und weißen Kugeln. Behängten die Zweige mit Lametta, dem Engelshaar. In der Aufbewahrungsschachtel entdeckte ich zufällig noch einen letzten Sternwerfer aus dem vergangenen Jahr. Beim Abbrennen, wenn das Elektrische gelöscht war, ließen sie mit ihren springenden und sich wieder in Nichts auflösenden Sternen und dem Geruch von Schwefel uns Kinder in einem andächtigen Schauder den ganzen Zauber von Weihnachten erahnen.

Einige übrig gebliebenen Kerzenreste vom letzten Weihnachtsfest steckten wir in ihre Halterungen. Es waren nicht mehr viele. Für eine Stunde Lichterglanz, vielleicht auch etwas länger. Neue gab es nicht oder wir hatten kein Geld dafür.

Vaters Krippe, die er vor Jahren gebastelt hatte, als wir Kinder noch klein waren, stellten wir dazu. Mit dem Jesuskind aus Wachs. Mit Maria und Josef, mit Ochs, Esel, Schafen und Schäfer.

Auf dem Gabentisch lag neben der süßen Puppe für Gerda auch für uns Ältere eine kleine Überraschung. Für Lisi ein langer Wollschal, den sie zweimal um den Hals schlingen konnte, Nase und Kinn mit einbezogen, um der strengen Kälte zu trotzen. Mich beschenkte unser Christkind mit ein paar warmen Fäustlings-Handschuhen. Beide Wollgeschenke hatten in ihrer Farbe sehr viel Ähnlichkeit mit einem uns bekannten Pullover, den wir schon seit längerer Zeit an Mutter vermissten.

Süßigkeiten? Ach nein – woher denn auch. Unsere Mägen wären ohnehin nicht mehr daran gewöhnt gewesen.

Es wurde Zeit zum Abendessen.

In unsere Dessertteller mit Goldrand zauberte Mutter, aus der Not geboren, eine neue Delikatesse. Sie servierte uns Bratäpfel. Die schönsten Stücke unserer letzten Obsternte aus dem eigenen Garten. Geschmückt mit einem kleinen Pappengel, der mit einem Zahnstocher im Apfel steckte.

Aus unserem kleinen Kurzwellenradio erklangen bekannte Weihnachtslieder. „Stille Nacht, heilige Nacht", „O du fröhliche", „Süßer die Glocken nie klingen".

Ja, den vier großen Glocken unserer Pfarrkirche war es heuer nicht möglich, die Christnacht einzuläuten. Sie konnten die Gläubigen zu keiner Messe rufen. Schon seit langem blieb unser Kirchturm stumm. Wie alle Türme in den Städten, in den Dörfern unseres Landes. Unsere Glocken waren, wie alle Glocken in den Gotteshäusern, bereits vor Jahren konfisziert und in den Rüstungskammern zu Granaten geschmolzen worden.

Ich drehte im Wellenbereich unseres Empfängers und entdeckte Glockengeläute – ein schwerer, dunkler Klang aus irgendeinem Dom, aus irgendeiner Kathedrale, irgendwo in der Welt, verschont vom Krieg, wo keine Granaten zum Töten verlangt wurden. Das Geläute erfüllte den Raum, drang in unsere Herzen. Sie sangen von Frieden auf Erden, sie spendeten Hoffnung, schenkten Zuversicht. Glocken mit heiligem Klang, klinget die Erde entlang ... Eines Tages wird das Wort Feindschaft keinen Platz mehr finden zwischen den Völkern, so ihre Botschaft.

Wir dachten an Vater. Die Ungewissheit lag plötzlich wieder im Raum, ließ sich nicht verdrängen. Wir wussten, wir kannten die beiden Möglichkeiten. Tod oder Gefangenschaft, es gab keine andere.

Mein Freund Ernst fiel mir ein, ich sollte ihn heute Abend kurz besuchen. Seine Mutter meinte gestern als wir uns trennten: „Ich glaube das Christkind hat auch an dich gedacht!"

Mit den Gedanken an Vater und den neuen warmen Handschuhen machte ich mich auf den Weg. Die Wohnung nur ein paar Minuten entfernt, nur die Treppen runter zum Kirchplatz. Aus einigen Häusern drang spärlich flackerndes Kerzenlicht durch die seit Kriegsende wieder von der Anordnung der Verdunkelung befreiten Fenster auf die Straße.

Ernst erwartete mich ganz aufgeregt. Er ließ mir kaum Zeit, den schönen großen Christbaum mit den vielen brennenden Kerzen zu bestaunen.

Sein Geschenk, da stand es. Besser gesagt, da stand er: Ein Panzer. Ein Panzer aus Holz und Pappe. Mit einer aufklappbaren Luke zum oberen Einstieg, lenkbar, auf drei Rädern, mit Pedalantrieb und einem langen Kanonenrohr. Das Ganze schön tarngrün bemalt und mit deutschem Hoheitszeichen versehen. Der letzte deutsche Panzer des Zweiten Weltkriegs.

Das Christkind von Ernst, im Hauptberuf Rechtsanwalt und dadurch mit besten Beziehungen, fand trotz dieser Begünstigung in dieser Zeit der leeren Lager, wie man sah, wohl auch nichts Vernünftiges. Panzer waren jedenfalls nicht mehr aktuell. Ernst kannte kein Gesinnungsdenken, so etwas war ihm fremd. Er freute sich wahnsinnig über seinen Besitz.

Ich bekam mein Geschenk überreicht. Es war eine Kaufladenkasse aus Blech. Das einzige, was sie zu bieten hatte, war ein Knopf an der Oberseite. Wenn man darauf drückte sprang unten das Geldschubfach heraus. Wie gesagt, das Christkind hatte keine große Wahl. Doch allein der gute Wille, dem Freund seines Sohnes an diesem Tag, in dieser trostlosen Zeit, ein wenig Freude zu bereiten, ist es Wert, in Erinnerung behalten zu werden.

Ernst ließ mich noch einige Flurlängen mit seinem Panzer abstrampeln, dann machte ich mich wieder auf den Weg nach Hause.

Es war noch kälter geworden. Ich lief mich warm, die Treppen hoch, 64 an der Zahl, immer zwei auf einmal nehmend, in die gute Stube, in der unser Ofen noch einen letzten Rest von Wärme spendete.

War es nun ein schönes Fest, das Weihnachten 1945? Bestimmt nicht.

Aber eines, das, so lange ich leben darf, in meiner Erinnerung bleiben wird.

Hermann Singer
wurde 1933 in Pfaffenhofen a.d. Ilm geboren und erlebte hier seine Kinderzeit.
Er ist verheiratet und hat einen Sohn.
Mit einer Lehre als Technischer Zeichner begann sein beruflicher Werdegang. Jahre später absolvierte er ein Studium für Gebrauchsgrafik und Illustration.
Als Angestellter eines Energieversorgungsunternehmens, in leitender Position, war er mit der Dokumentation des Stromnetztes beauftragt. Zugleich arbeitete er als Entwurfsverfasser im Baugewerbe.
Hermann Singer ist als Maler und Porträtist durch zahlreiche Ausstellungen über die Grenzen seiner Heimatstadt bekannt.
Seit Ende der neunziger Jahre ist er mit Erzählungen und Satiren literarisch tätig.

HERMANN SINGER
GUTEN ABEND, GUT' NACHT

Eine Kindheit im Zweiten Weltkrieg
und in den Jahren danach
126 Seiten, Softcover, s/w Photos

ISBN 978-3-938109-08-3

ein Label der
Gryphon Verlagsgruppe

www.verlagsallianz.de

GÜNTER SÜSSE
HEA, DIE S-BAHNMAUS VOM HAUPTBAHNHOF

Ein Kinderbuch zum Vorlesen, Selber Lesen
und Lesen Lernen
176 Seiten, Softcover, Farbige Zeichnungen

ISBN 978-3-938109-04-5

Verlagsallianz®
ein Label der
Gryphon Verlagsgruppe

www.verlagsallianz.de ·